土吃王

张梅　著

北京日报出版社

图书在版编目（CIP）数据

土吃王 / 张梅著. — 北京：北京日报出版社，
2024.8

ISBN 978-7-5477-4874-9

Ⅰ.①土… Ⅱ.①张… Ⅲ.①短篇小说—小说集—中
国—当代 Ⅳ.①I247.7

中国国家版本馆CIP数据核字（2024）第029427号

土吃王

出版发行：北京日报出版社

地　　址：北京市东城区东单三条 8-16 号东方广场东配楼四层

邮　　编：100005

电　　话：发行部：（010）65255876

　　　　　　总编室：（010）65252135

印　　刷：北京军迪印刷有限责任公司

经　　销：各地新华书店

版　　次：2024 年 8 月第 1 版

　　　　　　2024 年 8 月第 1 次印刷

开　　本：710 毫米 × 1000 毫米　1/16

印　　张：12.5

字　　数：134 千字

定　　价：59.80 元

目 录

土吃王

活着，人吃土，因为这里的人从土里刨食吃；死了，土吃人，因为这里的人以入土为安。人与土之间，大概就夹着一个吃字。这个吃字，也许就是天神，也许就是命运。它在暗中操纵着这里的一切，包括恩怨、得失、忧愁、喜乐、存亡、生死……

（一）

天还不亮，管家祁福就披上棉袍，拎起烟袋，向栖霞洞出发了。栖霞洞在灵龙镇的后山上，采童道长在那里修行。这次祁福进山，除了拜访采童道长，更重要的是请郜润德下山。郜润德是采童道长的师弟，也是灵龙镇上有名的郎中。两个月前，采童道长邀请郜润德进洞修炼，共同参悟如意蟾光大法。

这如意蟾光大法，修炼起来着实不易。祁福听人说，一旦修炼成功，就可以断了人间烟火；断了人间烟火，就可以摆脱命运，实现长生不老。可是，修炼蟾光大法不仅要辟谷，九九八十一天，不吃人间五谷，而且要闭关，不许任何人打扰。

当然，这只是祁福从街头巷尾听来的，并不一定是真的。但是，这个时候上山打搅郜润德，确实感觉不大方便。可是，碰上了人命关天的大事，不去不行。况且张广财又撂下了狠话，请不回郜润德，就别回来了。祁福只不过是张广财宅上一个小小的管家，哪能不听东家的话？没有别的办法，他只好硬着头皮上山请人。

祁福穿过镇子，爬到山顶上，已是汗流浃背。这时，天已放亮，清风起，晨雾散，千山万水尽收眼底。看着这大好河山，祁福心中的烦恼顿时烟消云散。回首望望灵龙镇，像个吮奶的婴儿，静静地躺在灵龙山的怀抱中。灵龙山就是一座长长的青山，头朝东、尾朝西，弯弓着身子像是一条龙。龙头的地方，还潺潺地涌出一股清泉，在镇子上汇成一条小河，老百姓们叫它香脂河。

关于灵龙山和香脂河，镇上还有一个传说。很久很久以前，昆仑山住着一个神仙，叫西王母。西王母有七个女儿，叫七仙女。西王母敕命七仙女每日巡山。七仙女个个勤勉，每日早出晚归，仔细巡山。但是每次回家前，总是按住云头，在白波潭里掸掸尘、洗洗脚。久而久之，这白波潭的水便有了灵气。

白波潭的旁边有一块崖壁，崖壁上盘着一条小青蛇。它看在眼里，想在心里。每当七仙女离开后，就偷偷地喝上几口白波潭的灵水。几百年下来，这小青蛇仗着灵水的功力，居然脱胎换骨，化成了蛟龙。成蛟以后，便有了法力和神通。西王母念其修炼不易，就传出敕命，说："上天有好生之德，万物有含性之灵。既然化身为龙，理应修身立德，以期历劫飞升。今命青蛟主政东海一方水域，替天管理一域水族。望体感天地之恩，好自为之。"

这本是一件天大的好事。哪承想，青蛟却将其变成了坏事。它自恃功高，临赴任前，贪欲顿生，一口气吸干了白波潭的灵水，准备带到东海慢慢享用。西王母知道后，大为震怒，急命雷公、电母追杀青蛟。青蛟闻讯后，一路东逃。但是孙猴子哪能跳出如来佛的掌心！在常山附近，雷公、电母追上了青蛟。一阵疾风密雨、电闪雷鸣，青蛟轰然降在大地上，化作了青山。一肚子的灵水，汩汩地流出来。真是应了那句老话，吃进去多少，还得吐出多少。后来，青蛟日夜哭泣，为自己犯的过错后悔不已。西王母听说后，心生慈悲，看在青蛟忏悔的份儿上，就又传出敕命，许它几千年后，再获一方水域，可供安身立命。

这个传说在镇子上流传很广，祁福小的时候就听人讲过。这一路上，他的脑海里不断重复这个传说，主要是为了排遣寂寞和壮壮胆量。因为在这深山野岭里，他一个人独行，难免觉得瘆人，也难免会枯燥。大约晌午时分，祁福看到了栖霞洞。栖霞洞在一块崖壁的半腰上，崖壁下面是栖霞观。栖霞观不大，只有山门、灵官殿和三清殿。两旁的几间房子，是斋堂、客堂和丹房。

祁福站在山门外，喘喘气，抽锅烟，整整衣领，拍拍尘土，正准备迈步进去，抬头看见了山门上镌刻的几个大字。一边是："有天，王吃土"；一边是："无天，土吃王"；横匾是："死活"。祁福觉得似有深意，但是，一时间无心参悟。只是一眼看上去，感觉字写得不错，铁画银钩、龙飞凤舞。

正在愣神的工夫，一个青衣小道士早已飘然而至，祁福急忙抱拳作揖，亮明身份，表明来意。小道士却不慌不忙地把他请进客房，面带微笑，奉上热茶，说："茶是灵龙山百年茶树上采摘的，水是栖霞泉荷花瓣上收集的，清香得很。施主远道而来，请品一盏。"此时此刻，祁福心焦如火，哪有心思品茶！他站起来不停地打躬作揖，一会儿央求小道士进洞禀报一声，一会儿又絮絮叨叨地讲述事情的原委。

原来，郤润德的医术非常高明，在这十里八乡，他数第一。张广财的老娘，每次生病，都请他把脉开方。这次他进山不久，张家老太太就犯了病。这一病就像秋后的花草，一日不如一日。这几天，已经抱着棺材打盹儿了。人哪有不死的？况且老太太已是高寿。张广财也算心底豁亮，早早地把寿衣、供品、棺木等准备停当，只待老太太驾鹤西去。

可是，老太太吊着最后一口气，愣是咽不下去，半死不活的，已经僵持五天了。张广财左右为难，入殓吧，明明看到老娘的心口窝还在起起伏伏，鼻孔里似线似缕还有气息；不入殓吧，就算老娘能撑下去，恐怕自己也撑不住了。因为在这个镇子上，有个风俗，谁家遇有红白事，亲戚朋友、乡里乡亲都会来帮忙。凡是帮忙的，主人家就得供吃供喝。当然，也有借机混吃混喝的。张广财是镇上的一方财主，也是有头有脸的人物。对于这种有身份、有名望，还有粮食的人，大家都知道，这个时候，他不会折面子、不让人吃饭，更不会让人吃得太差。所以，整个镇子上，远亲近邻、沾亲带故，凡是搭点边的都来蹭饭吃，甚至还有几个乞丐。

张广财皱着眉头、哭丧着脸，每天让祁福报账吃了多少。祁福拿出账本，一五一十地报告："吃饭的人包括宅上的太太、少爷、小姐、丫头、长工、护院，还有修吉地的、扎纸活儿的、做棺木的以及外面来的亲朋、乡邻，共 180 多人。今天共吃掉棒子面 100 斤、高粱米 100 斤、黄小米 60 斤、白大米 30 斤、肉 30 斤、萝卜 120 斤、白菜 120 斤……"每次报账，张广财都会心疼一阵子。如果再这样持续十天八天的，那么至少还得吃掉上千斤粮食。

张广财急了眼，派祁福去县城请郎中。郎中请来后，一番上下检查，说："老人家高寿，魂儿已经去了，入殓下葬吧。"这不是明眼说瞎话吗？所有人都能看到老太太还有一口气。如果就这样，让老太太带着一口气入了土，那么张广财不就成了全镇有名的不孝子了吗？

张广财黑着脸，扔下两个钱，打发郎中走了。这几天，镇子上议论四起。有人说，老太太生前恶事做得太多，阎王爷正在扒拉算盘呢，还没算清楚，所以走不了。也有人说，老太太心愿未了，想做的事还未做完，想见的人还未见上，所以不想走。

张广财无奈，又请来镇子上的马神婆。马神婆焚香化纸，哆嗦着身子说："勾魂鬼差已到，老太太不想走。原因是与三小姐还未见上最后一面。"这三小姐，就是张广财的三女儿，叫张明佳。她生来模样俊俏、聪明伶俐，全镇的人都知道老太太最喜欢这个孙女。可是现如今，她在保定府的育德中学读书，不在家。

张广财拍着脑门儿，踱着步子，考虑了一会儿，说："兵分两路，一路由祁福步行上山，请郜润德回镇看病，或许老太太会起死回生；一路由护院武师龙大轩驾车，快马加鞭，接三小姐回家，或许人一见面，老太太就会咽下这口气。"

按照张广财的吩咐，龙大轩去了保定府，祁福来了栖霞洞。但是，祁福的差事办得一点儿也不顺利。他向小道士又作揖又鞠躬，还说好话。可是，小道士依然不为所动。最后，扑通一声，祁福给小道士跪下，哀求道："小神仙，你发发慈悲吧，这可是人命关天的大事。"

小道士却说："施主，快快起来。不是我绝情，而是实在帮不了你。你不明白这其中的凶险利害。修炼蟾光大法，一旦被打扰，就可能走火入魔、丧失性命。"

祁福哭着说："那如何是好？我只是张宅的下人，若请不回郜郎中，张老爷一定不会轻饶我。看来，我也没有活路了"。

小道士沉默片刻后，说："你随我来。"

祁福跟着小道士来到丹房。小道士拿出一个蜡封小木匣子，说："师叔闭关前，只留下了这个。你瞧瞧，或许对你有用。我能做的，也只有这些，请你见谅。"

祁福接过小匣子，看了又看，没什么特殊的，就是个木匣子，不知里面装的是什么，也不知道有何用。但是，没有别的法子，只好带上它，回去交差。

（二）

夜已深，灵龙镇早已沉没在黑暗和寂静之中，只有张广财家里还亮着几点灯光。张广财凑近油灯，拨拨灯芯，小心翼翼地启开木匣子，里面居然是一封书信，笔迹是郜润德的。信面上写着：广财仁兄亲启。打开书信，是一张关于老太太病症的药方。病症是：吃不够，人不走；化为尘，少一口。治疗方法是：白米饭煮熟，放至温，轻启病人牙口，送进一匙，轻闭下颌。

果真，老太太含上了这口白米饭，就立即咽气登仙了。祁福因为有功，不仅得了赏钱，还谋了一个好差事——到龙昌粮店当掌柜。龙昌粮店是张广财的，也是镇上最大的粮店。

老太太的丧事办完后，张宅总算安静了下来。可是，三小姐还没有接回来。张广财心里还是有些焦急。这一天，他吩咐龙秋堂到完县迎一迎。龙秋堂是龙大轩的儿子，今年刚好十八岁，高个子，国字脸，长着一身结实肉。

龙秋堂一出门，就和刘文定撞了个满怀。刘文定是前朝的秀才，识文断字、知书明理，镇上的人都很尊敬他。

刘文定说："毛躁的小子，要去哪里？"

龙秋堂站定，忙鞠躬说："先生，对不起。我奉张爷的命，迎接三小姐和我爹回家。"

刘文定说："你家张老爷在吗？我有事和他商量。"

龙秋堂说："在书房。"

刘文定向前走两步，又回过头嘱咐道："孩子，路上当心。这世道不太平，听说馒头山那边又起了山贼，记着带上一件防身的家伙什儿。"

龙秋堂拍拍腰上的大刀片子，笑一笑，走了。

这一边，张广财听见了刘文定的声音，连忙出门迎接。两人见礼后，走进书房叙话。刘文定开门见山，只为一件事，就是在香脂河边发现了一对死去的母子。看这对母子的穿戴，不是本地人，倒像是东北那旮旯的，不知是何原因，死在了灵龙镇，大半是饿死的。因为那孩子也就七八岁，瘦得只剩下一把骨头了。

刘文定之所以向张广财报告，一者是因为张广财担着镇公所的差事，这种死人的大事，不能擅作主张；二者是想以镇公所的名义，出些钱财，雇几个人，把这对母子埋了，免得引发灾疫。

张广财听得明白，却摊开双手，没钱。因为镇公所就是一个空壳子。这些年，县城里总是闹兵灾，打来打去的，今天你当家、明天我做主，县长换得像走马灯似的，根本没人管过镇公所的事，就连张广财的那张任命文书，也是八年前的事了。现如今，谁是县长他都不知道。

可是，不管有钱没钱，死人是必须入土的，总不能暴尸河边。刘文定态度很坚定，张广财只好退让一步，愿意捐出20斤黄小米，雇用张彪把人殓葬了。张彪是张广财的远房侄子，人长得高高壮壮的，可是有点儿憨。乡亲们都称呼他"憨蛋"。家里穷得只剩下了四堵墙，吃了上顿没下顿。张广财口头上说，不管他，饿死土埋。但是毕竟一个张字姓到底，哪能分两半儿？所以，借着这个机会，让他干些粗活儿，也好送他一些口粮。

事已说妥，刘文定正要拱手告辞，张彪却猫着腰，堆着一脸笑，蹑手蹑脚地走了进来。

张广财一见他就恼火，拍着桌子训斥道："浑小子，像个猫似的，要干吗？"

张彪也不恼，笑嘻嘻地向刘文定打了招呼，又对张广财说："叔，我给你带来了一桩大买卖，一个发财的好机会，你还骂我？"

张广财"哼"一下，斜着眼，鄙夷地说："你能有什么买卖？"

张彪赶紧说："别不信呀。今天一大早，左眼皮子跳个不停，我就知道今天要发财。所以早饭都没吃，坐在镇前的大路上等了一天。果不其然，我等来了宋老爷。这宋老爷是东北那边的，大户人家，有钱有势，赶着一队马车就有五六辆……"

张彪叨叨了一堆话，也说不到重点上。刘文定听明白了东北人三个字，心里纳闷儿，灵龙镇这个偏僻的小镇，平日里，很少见外地人，怎么突然一下子来了这么多东北人？

张广财早已听得不耐烦，打断他的话，扯着嗓子说："别胡说八道了，干活去吧，用两张苇席，赶紧把河边的死人收殓了。"

这个时候，张彪哪肯去收尸，他急得满头大汗，就是说不清楚，结结巴巴地指指门外，说："宋老爷……就在……门口，不信，你问……他。你若赚……赚了钱，别……别黑心，忘了我的好处。"

张广财一听，气不打一处来，一边抢起茶杯砸向张彪，一边骂道："没良心的浑蛋东西，谁黑了心？"张彪抱头逃走。

刘文定劝道："张兄息怒，既然人在门口，不妨问问到底何事？"

张广财点点头。

原来，宋老爷叫宋义，世居沈阳，大户人家，颇有资财。九一八事变后，日本军霸占了沈阳城。宋义不愿做"顺民"，就带着一家主仆老小30多人，千里迢迢到太原去投亲。走到灵龙镇，携带的粮食吃光了。听人说，张广财是开粮店的老板，所以停下马车，登门拜访，打算补充些行路口粮。

张广财听了，心花怒放，上门的生意，干吗不做？但是看到宋义棉帽棉袍，一脸黢黑，土里土气的，不像膏粱世家的老爷，禁不住多攀谈几句。

张广财说："宋爷辛苦，一路风尘，先用杯清茶，粮食的事不急。"

宋义抱拳说："张爷仁义，粮食价格好商量。"

张广财转转眼珠子问："宋爷到太原投亲，那家财、良田都能舍得下？"

宋义叹口气说："舍不下也得舍。若是有办法，谁愿抛家舍业，寄人篱下？只是东北军的兵马已撤到平津一带，国破安有家？"

张广财接着问："听人说，东北军有几十万人马，甚是强壮，怎么轻易让日本军攻破了呢？"

宋义答道："说来惭愧。听人说，大批官兵没有响枪，就主动撤走了。日本兵就大摇大摆地进了城。一进城，这群畜生就开始欺男霸女、劫掠财物，乡亲们都四处逃难了。"

张广财说："这真是造孽啊，为什么不打呢？"

宋义还没答话，坐在一旁，一直没开口的刘文定，这个时候，捋着那撮山羊胡，慢悠悠地说："当今世道四分五裂，各方军阀钩心斗角，相互攻讦。若是不打，几十万兵马在手，司令还是司令、将军还是将军；若是打，无论输赢，必伤元气，倘若有人再背后插刀子，恐怕司令已不是司令、将军已不是将军了。"

这番言论一出口，张广财和宋义都用异样的眼光看着刘文定。

书房片刻安静。张广财清清嗓子，又问："需要多少粮食？"

宋义说："200斤苞米面就够。最好有点儿大米、白面一类的细粮，内人身体不好、孩子还小，这一路的颠簸，胃口不好。"

张广财又问："价格如何？"

宋义说："不瞒仁兄，由于大批的东北官兵和百姓涌向了平津，那里的粮食价格略有上涨，可以参照平津的价格。只是……"

宋义话未说完，先低下了头，面露羞色，停顿一下又说："能不能先赊欠一阵子？这一路上遇到了几拨山贼，我上下打点，花钱买路，钱财已经用完。不过，请张老爷放心，一到太原，我会马上派人送钱来。"

真是空欢喜一场。张广财是不见兔子不撒鹰的主儿，没钱买什么粮食？当场就拒绝了宋义。宋义又求告几次，没有被应允，只好起身告辞。

日已西偏，远山茫茫，宋义一行空着肚子，驾上马车，穿镇而去。

刘文定回家后，左思右想，觉得宋义不像是诈人钱粮的江湖骗子，更不像山贼刺探虚实的哨子，反而觉得他们一家老小，背井离乡，缺吃少喝，实在不易。于是，他牵上毛驴，驮了四袋粮食，急忙赶上宋义。

宋义感激涕零，带着一家老小磕头称谢。刘文定连忙扶起一众人。可是，宋义只留下了两袋粮食，并执意写下了四袋粮食的欠条。他说："这条路是通往太原的近路，我身后还有几拨儿到太原投亲的难民，同是东北乡亲，那两袋粮食就接济他们吧，或许这两袋粮食会救活几条人命，烦请刘老爷分给他们。"

（三）

果真，陆陆续续，扶老携幼，又来了几拨儿逃难的，这群人衣衫褴褛，蓬头垢面，有的褡裢里还有几粒粮食，更多的是怀里揣着一只空碗，一路乞讨而来。刘文定在镇牌坊底下支起两口大锅，一口大锅熬米粥，一口大锅蒸窝头。过往的难民可以吃饱喝足，还可以携带路上干粮。粮食不够吃了，刘文定就开始筹集粮食。那个年月，灵龙镇的一般人家余粮不多，所以刘文定就挨家挨户借粮食，张家一碗、李家一升，积少成多，又凑了三袋粮食。

这一天一大早，刘文定带着几个人，背上大锅，来到牌坊底下，准备做饭食。他远远地看见一个人，踉踉跄跄地走过来。可是，没走几步，就一头栽在了路上。刘文定说："这是饿晕了，赶紧抬过来喂些饭食。"

几个人跑过去，七手八脚地抬起来，定睛一看，不是逃难的，是本镇的龙秋堂。只见他披头散发、赤着双脚、浑身是血。刘文定不知道他经历了什么，但是人已昏迷，只好吩咐："快抬回家，路上轻点儿。还有，赶快禀报张广财老爷。"

龙秋堂的家，就是镇东面的三间土坯房。乡亲们把龙秋堂放在炕上。张广财和刘文定围过来，轻轻地叫着他的名字。龙秋堂微微地睁开眼睛，浑身的伤痛让他那张黝黑的脸不停地抽动。

张广财急问："三小姐呢？你们遇到了山贼？"

龙秋堂颤颤巍巍地说："三小姐无碍，一个月前，她……她跟随她的同学们去……去了北平，说是……说是抗日请愿。可是……我爹……我爹他……"

龙秋堂说得含混不清，疼痛又让他陷入了昏迷。张广财用力地推了推他，依然没有应答。他转过身，吩咐下人："赶快请个郎中，给他瞧瞧，还能否活命。"

随即，他又附在祁福的耳边，压低声音说："两天后去北平，至少凑够四千斤粮食。"祁福皱着眉头，点了点头。

原来，这几天，张广财和祁福一直商量着贩卖粮食的事儿。只因为宋义那句话，大批的东北官兵和百姓涌向了平津。张广财寻思着，战乱年代，粮食为王。人若想活着，还得靠粮食。这么多人一下子涌到平津，那里的粮价说不定已翻了几番，若是趁机贩粮进城，一定会赚个盆满钵满。但是眼前遇到了一个棘手的难题，就是龙昌粮店的粮食不多了。前段时间，张广财的老娘办丧事，吃掉了一千多斤粮食。现在，整个粮店的上等粮食就两千多斤，也就刚刚装满四辆马车。千里迢迢去贩粮，就四辆马车，有点儿太少。刨去路上的人吃马喂、打尖住店这一揽子挑费，即使平津的粮价再高，也赚不了几个钱。所以，张广财一直犹犹豫豫，拿不定主意。

刚才，听龙秋堂所说，三小姐在北平请愿。这个年月，学生请愿是很危险的，说不定还会被军警抓起来。张广财寻女心切，就临时下了决定，迅速凑齐四千斤粮食去北平，一边寻找三小姐，一边贩粮赚钱。

可是，当前的时节，离秋收还远，到哪儿一下子再弄两千斤粮食？祁福翻着账本，拨拉着算盘，苦思冥想，没有办法。张广财指着他的脑门儿说："蠢材，猪头。"随即，又吩咐道："一者派人到镇上的粮店和百姓家，挨门挨户，拿钱平价买粮，到北平再高价售出；二者你亲自去找郭青圭，让他提前还粮，不还就打折他的腿。"

祁福得了令，拱手出来，分头实施。他挑选四个身强力壮的护院，随他一同去找郭青圭。郭青圭，人称"圭爷"，长得短小黑粗，大脑袋，剃光头，留着浓密的八字胡。但是"圭爷"有钱有田、家产丰厚。

这份家产，其实一大半是他老爹挣来的。他老爹叫郭猴子，起初，只是一个敲锣耍猴的江湖艺人。那一年，洋鬼子打进了紫禁城，慈禧太后和光绪皇帝仓皇西逃，北京城乱成了一锅粥。郭猴子乱中取财，怀揣着一块金疙瘩，回到了灵龙镇。从此，郭猴子就变成了郭老爷。他在镇上开办了一家烧窑厂，把土变成砖，把砖变成钱，再把钱变成田。如此倒腾几番，居然创下了一份大家业。

但是老爷子过世后，郭青圭对经营窑厂并不感兴趣。他在镇上开了一间典当铺，雇了几个成天游手好闲的地痞混混儿。若是谁家借了钱还不上，他就指使这群混混儿打人、抄家。镇上的人，尤其是一些穷苦人，怕得胆颤、恨得牙痒，背地里都称他"鬼爷"。

几个月前，鬼爷向张广财借了一千斤上等粮食。他借粮，不是没饭吃，落下了饥荒，而是拿粮换了枪。在他的典当铺里，有些借贷，到了期限，迟迟还不上。为了吓唬借主，鬼爷就寻思着买几条枪。他打听到山西省浑源县的黑市上有卖枪的。但是那边的老板不要大洋，只要粮食。因为越往西北，土地贫瘠，粮食紧俏。鬼爷自家的粮食又不够，所以向张广财借了粮，换了四把盒子炮，外加一百五十发子弹。

祁福带着人，来到郭青圭家里，抱拳作礼，不卑不亢地说："圭爷吉祥。我奉张爷之命，催要粮债，请多多包涵。"

鬼爷说："期限还未到。当初，你家张爷答应我，明年秋天还粮，一千变两千，一千的本，一千的利。"

祁福说："不错，张爷当初是这么答应的。但是尘间的事，变幻无常，难知难测。眼下，张爷急需粮食，所以改了主意。现在还粮，不要利息，一千斤即可。"

鬼爷说："当下，爷没有粮食，只有大洋，要不要？"

祁福沉吟一会儿，又挤眉弄眼地说："钱吗？当然可以。但是不知道多少钱合适呢？眼下，多个地方不是战端又起，就是旱涝天灾。这粮价，在短短的几个月，已是裹脚布改头巾——升到顶了。听说，有的地方已涨了十倍不止。这个情况，圭爷可曾知道？"

祁福的这番话，明显是敲竹杠。鬼爷当然听得出来。他本想跳起来，在祁福的腮帮子上擂几拳。但是看到祁福身边的四个壮汉，又装作霜打的茄子——蔫了下来，淡淡地回了一句："容我考虑。"然后，端茶送客。

祁福走后，客堂后面涌出几个人，围着鬼爷七嘴八舌地议论起来。癞头说："张广财老小子太欺负人了，这是骑在咱们头上拉屎，咱们手上有枪，和他拼了，弄死张广财，圭爷就是灵龙镇的一号人物了。"歪眼却说："慎重啊。打蛇不死反受其害。张广财人多势众，还挂着镇公所的护身符，一时动不了他。再说，还有龙大轩、龙秋堂，这对父子武功高强。就咱们几个人，能打赢吗？"

鬼爷摸着八字胡，敲敲桌子，让大家安静。他心里明白，自己力不及人，张广财树大根深，镇公所还有几条长枪，打是打不赢的，只有低头了。他自言自语地说："君子报仇十年不晚。眼下，只好走还粮这条路了。"

癞头说："到哪弄粮食去？"鬼爷瞪着眼说："老天爷不会下粮食，自然向那些佃户、借主要了。"

于是，鬼爷挎上枪，带着人，出门了。今天的天特别冷，太阳钻进云里，一直不露面，好像不愿看见这个世界。没有了太阳，大地灰蒙蒙的。偶尔，还会吹起一股阴冷刺骨的西北风。

鬼爷几个人裹着皮袄，砸开门子就要粮。有些佃户说："圭爷，今年的租子已经交了。"鬼爷说："交明年的。"佃户说："家里没粮了。"鬼爷不说话，掀开皮袄，就拔枪。

人总是怕死的。黑洞洞的枪管子顶着脑门子，没粮没钱也得想办法。有的把明年的粮种拿了出来，有的把仅有的几亩薄田抵了债。一时间，灵龙镇鸡飞狗跳、哭爹喊娘，躁动不安的空气里搅动起一缕一缕的悲苦声。

傍晚时分，鬼爷来到孟老鸢家。孟老鸢，家妻早亡，留有一儿一女，自己多年咳血，身体不好。劳动力不济，家里过得更穷。没有被褥，就以茅草铺炕；没有粮食，就以糠菜充饥。今年春天，孟老鸢向鬼爷借了两块钱买药医病，现如今驴打滚儿，已经变成了四块钱。孟老鸢实在还不上。

鬼爷拔出枪顶着孟老鸢的脑门儿说："老东西，还钱呀。"孟老鸢跪在地上，一把鼻涕一把泪地哀求："家里实在没有值钱的东西了，求求圭爷，发发慈悲，再宽限宽限吧。"

鬼爷不吃这一套，伸手就是几个大耳刮子。孟老鸢爬起来，口鼻淌着血，依旧苦苦地哀求。孟老鸢的儿子孟铁柱，看在眼里、疼在心里。他怀里抱着一把斧头，噙着泪花，冲出门外，本想和鬼爷拼了命。不料，被癞头一脚踹翻在地上，一只牛皮靴就重重地蹬在了他的脖子上。孟老鸢一看，急了。他磕头如捣蒜，祈求鬼爷说："别伤害柱子，我想办法。"

但是，哪里有办法呢？孟老鸢穷得连裤子都快穿不上了。他拉着女儿红草跪在鬼爷的脚下哀求道："我这丫头，十四岁了，洗衣做饭、端茶倒水都能干，祈求圭爷大发慈悲，收下她，做个粗活丫鬟，抵了账吧。"

孟老蔫说完，就和女儿抱在一起，哭成了泪人。鬼爷觉得孟老蔫大概真的没了油水，就摸着八字胡，狠狠地喝道："爷不要人，只要命。"他抬起一脚，把孟老蔫踹翻在地上。随后，一招手，大摇大摆地走了。

不料，这一脚真的要了孟老蔫的命。他本来就体弱多病，这一脚又恰好踹在胸口上。孟老蔫躺在地上，吐了几口血，就昏迷了过去。孟铁柱急忙把他背到炕上，奄奄一息的孟老蔫在后半夜就悄无声息地走了。

（四）

孟老蔫死了。虽然一辈子没吃上几口好粮食，但是干瘦干瘦的肉体依然回归了大地。丧事办完后，孟铁柱每天上山砍柴，背到镇上，换几口吃食，养活自己和妹妹。乡亲们觉得可怜，有时也会接济他们。昨天晚上，刘文定送来小半袋荞麦面。一大清早，兄妹二人就掺上榆树皮面和沤酸的杨树叶做窝头。

这个时候，龙秋堂裹着棉袄来到了家里。前段时间，他受伤了，伤得很重，但都是外伤，人年轻，会武功，所以身体恢复得很快，只是脸上落下了一条长长疤痕。孟铁柱和他岁数相差无几，同在一个镇，也同是穷人，平日里很熟悉。

孟铁柱连忙说："龙哥，你怎么来了？怪冷的，快来烤烤火。等窝头熟了，一块儿吃。"龙秋堂点点头，笑着说："不吃窝头，吃这个。"他故作神秘地从怀里掏出一只猪肘子。

　　孟铁柱眼睛一亮，"哪来的？"

　　龙秋堂说："歪眼的。昨天晚上，他去了马神婆家，回家的时候，喝得醉醺醺的，怀里还揣着吃食。趁他不注意，我抢了他的吃食，把他扔到河里去了。"

　　孟铁柱惊愕地说："哎呀，龙哥，你闯祸了。歪眼是郭鬼子的人，手里有枪，惹不起的。"

　　龙秋堂指着孟铁柱的脑门儿说："你就是个软蛋，怕他干甚。管他是谁的人，只要小爷不高兴，见一次打一次，直到把他的歪眼打正了。"

　　三个人不禁笑出声来。龙秋堂一边招呼吃肉，一边对兄妹二人说："孟老爹的事，我听说了。郭鬼子这个挨千刀的，心狠手辣，迟早遭报应。"随后，他话锋一转，又对孟铁柱说："你也是大厌包，你爹被害了，为什么不报仇？"

　　孟铁柱嘴里塞着肉，嘟囔着说："郭鬼子有钱有势，还有枪，拿什么报仇？"

　　龙秋堂说："只要想报仇，总会有办法。今天晚上来我家，我帮你。"

　　孟铁柱吃惊地问："今天晚上？"

　　龙秋堂坚定地说："对，就今天晚上。你若害怕，可以不来。我自己去。"说完，他叼起一口肉就回家睡觉了。

太阳西坠，晚风飒飒，龙秋堂睡足后，收拾锅灶，烙了两张棒子面饼，又炒了两把黄豆，然后捧出一坛枣木杠子酒，自斟自饮，边吃边喝。

俗话说，酒壮尿人胆。半坛子枣木杠子已经落肚，可是龙秋堂的胆气依然没有升起来。他这个人，说他是尿包，他敢动刀子，也敢杀人；说他不是尿包，他怕鬼，从小就怕。

可是，今天晚上，他不得不跟鬼打交道，因为他要去挖坟。挖坟是为了寻找千年铁。这千年铁就是散落在坟墓中锈迹斑斑的铁器。在灵龙镇，自古以来，人死后都是土葬，随葬品里往往有铁器。当然，富贵人家也有随葬金银的。可是，灵龙镇有几个是富贵的？

这些随葬铁器，年深日久，随着腐朽的棺木和腐烂的肉体，一同融进了泥土里。龙秋堂寻找千年铁是为了锻造神奇的武器，为了报仇。当然，不光是为孟老蔫报仇，更重要的是为他爹龙大轩报仇。

几个月前，龙大轩死于非命。当初，他奉命接三小姐张明佳回家，可是张明佳早已去了北平。没有接到人的龙大轩只好一个人返乡。走到完县地界，遇到了前来相迎的龙秋堂。父子相见，分外高兴。两个人，一个骑马，一个赶车，边走边说，一不小心错过了宿头。

龙大轩望望西山，太阳已落，火云汹涌，料峭的寒风中，簇簇草木瑟瑟发抖。他对龙秋堂说："前面不远，有个小村庄，咱们讨碗热水，吃口干粮，也好让马歇歇蹄。若是找不到传舍，咱们就趁夜赶路，明天下午就能回家。"龙秋堂点点头。

这个不知名的小村庄，就十来户人家。靠近大路的一户人家，只有两间土坯房，一排篱笆墙。龙秋堂下马，正想前去讨口热水，只见一个瞎眼的老头儿，拄着拐棍，用拳头疯狂地砸着门板，一边砸一边哭："造孽啊……造孽啊。"

突然，门板打开了。一个当兵的提着裤子，夺门而出，把老头儿撞倒在地上。随即，一个披头散发、袒胸露乳的姑娘，手里握着一把剪刀，像头疯牛一般追了出来。不料，被门槛绊了一跤，飞出两米多远，重重地摔在地上，那把明晃晃的剪刀正好刺进了胸膛。

那姑娘捂着胸口，蜷缩着身子，呻吟了几声，就断了气。黄土地上流出一摊鲜红的血。那老头儿爬过去，抚摸着姑娘的遗体，呼天抢地，号哭起来。

就在同时，一个在屋后望风的小兵蹿出来，大喊："队长，快跑，死人了。"两个人拔腿向东，朝着完县县城去了。

不知何时，早已围过来一群乡亲。有的说："那个队长姓李，是完县驻军赵团长二姨太的弟弟。这个人简直就是畜生，经常跑到乡下来糟蹋女人。"也有人说："这瞎眼的老头儿，命真苦，唯一的女儿也死了，以后怎么活啊。"

龙大轩父子看得明白，这是兵痞子欺负老百姓。但是无可奈何，这个年月有些扛枪的无法无天，横行乡里。

龙大轩心生怜悯，掏出三块大洋，放在那瞎眼老头儿的身边。随后，父子两人向西而去。

月亮升起来了，洒下清水一般的雾光。父子两人走出七八里路后，龙大轩突然停下来，说："堂儿，你来赶车。我骑马追那两个浑蛋，我想亲自送他们去地狱，免得他们在人间再祸害人。"

龙秋堂急忙说："爹，我随你一起去。"

龙大轩呵呵一笑："爹还不老。对付他们两个，还不是手到擒来？"他翻身上马，折返而去，没走几步，又扭头嘱咐道："堂儿，记住，一路向西，莫回头。我一会儿就会追上你。"

龙大轩快马加鞭，不一会儿，就追上了那两个兵痞。他二人正匆匆地往县城赶，听到马蹄声，扭头回看。龙大轩飞身下马，以迅雷不及掩耳之势，一招金刚锁喉，像拎小鸡子一般拎起李队长，只听见"咯嘣"一声脆响，李队长的脖子已被捏断。

龙大轩一松手。李队长横身倒地，双手捂着脖子，蹬了几下腿，没哼出一声，就去了地狱。

在一旁的小兵还没来得及拔枪，龙大轩一个箭步冲上去，一把抓住他的衣领，本想取他性命。但是，近眼一看，还是个孩子，也就十八九岁，早已吓得浑身哆嗦，脸上冒出了豆大的汗珠。

龙大轩一念慈悲，把他放了下来。但是转念一想，必须让他长点儿教训。随即，使出一招白猿偷桃，捏爆了他糟蹋女人的家伙什儿。那个小兵猫着腰，捂着裤裆，鬼哭狼嚎一般逃走了。

正是龙大轩这一念心慈，招来了杀身之祸。那个小兵没逃多远，就遇到了自己的部队。为了给李队长报仇，他们居然派出一队骑兵追杀龙大轩。

寂静的夜，宽阔的黄土路，脆响的马蹄声就像踩着鼓点一样，腾起一片尘埃在月光下飞扬。眼看就要追上了，龙大轩父子弃了马车，骑马西逃。不知向西跑了多久，人已困、马已乏，但是后面的马蹄声越来越近。龙大轩父子回头抢刀，左一砍、右一劈，四个士兵应声落马。

这时，有人大喊："他们有刀，快开枪。"

龙大轩父子自知寡不敌众，跳下马来，向山上爬去。那队追兵也弃了马匹，举起火把，蜂拥上山。龙大轩父子滚石下山，后面一片鬼哭狼嚎之后，明晃晃的火把开始向山下游动。

可是，不一会儿，又有当官的大喊："不准后退。后退者，格杀勿论。往前追，打死一个，赏五十大洋。"

那群士兵又猫着腰，乌泱乌泱地涌上来，还噼里啪啦地打起枪来。子弹在龙大轩父子的头皮上嗖嗖地飞。眼看就到隘口了，龙大轩却中了一枪，扑倒地上，口里吐出了鲜血。龙秋堂急忙抓住他的手，哭着说："爹，伤哪了？我背你走。"

龙大轩看到龙秋堂满头大汗，摸着他的脸，微笑着说："儿啊，不要怕，也不要哭。我不走了。爹这一辈子行走江湖，打打杀杀，早会料到有这一天。你若能脱险，把这个交给采童那个牛鼻子老道。"

龙大轩从胸口摸出一块钥匙形状的铜牌子，放在龙秋堂手里。随后，他使尽最后一口力气，把龙秋堂推出了隘口。隘口后面是崖壁，龙秋堂滚了下去。

（五）

漆黑的夜里，一盏小灯在山间游走。这正是龙秋堂。

灵龙山的头部，香脂河边上，有一大片坟茔。不知是何年代的，乡亲们称之为王家坟。

可是灵龙镇没有一户姓王的。多少年来，也没有看见外地人前来祭拜。因此，王家坟就是荒坟。龙秋堂正要在这荒坟中寻找千年铁。

转过一个山坳，龙秋堂正要大步向前。突然，凌空飞过一个人，落在他前面不远处。此人白衣白发白须，在黑夜里格外显眼。

龙秋堂吓了一跳，心里咕咚咕咚地跳起来。他想举起马蹄灯，看清楚是人是鬼。可是身体僵在那里，一动不能动，好像被人点了穴道。

那人张嘴说话："你叫龙秋堂，龙大轩的儿子？"

听着是人说话，龙秋堂心里稍稍平静下来。他大声说："正是小爷。你要作甚？"

那人不理他的话茬儿，慢悠悠地说："你是不是想挖千年铁，为你爹报仇？"

龙秋堂问："你怎么知道？"

那人依旧不理龙秋堂的话茬儿，轻轻地转过身来，说："龙大轩违背誓言，死有余辜。"

龙秋堂一听，他在诅咒死去的父亲，顿时气冲斗牛。本想冲上去狠狠地搂他，无奈自己的身体动弹不得。他只好厉声骂道："你才死有余辜。"

那人也不恼，依然慢悠悠地说："你爹还藏有妖书。"

所谓妖书，龙秋堂并不知道。只是前些日子，一边在家养伤，一边整理父亲遗物，无意中发现了几本书。其中一本是《巍巍不动金刚罩身宝册》，里面介绍的是隔空放火、凌空点穴、金刚闭气、刀枪不入等一些夹杂着画符念咒的武术。龙秋堂对这个并不感兴趣，只是心里纳闷儿：为什么父亲从来没有提起过这些武术，也从未教过自己？

还有一本是《破邪秘器宝册》，里面介绍的是玄天剑、雷火棍、千年刀等一些稀奇古怪的兵器。所谓玄天剑，就是用天上掉下来的陨石铸造而成的；雷火棍，是被雷电击中的枣木打磨而成；千年刀，是用千年铁淬炼而成。

龙秋堂从小习武，深知打仗杀人，有一件称手的武器至关重要。这本书还介绍玄天剑至刚、千年刀至阴。两件武器皆可斩妖除魔，趋吉避凶。因此，龙秋堂才动了心思，决定趁夜到王家坟挖千年铁。

那人见龙秋堂不作答，就捋着胡须继续说："那些妖书害人不浅。你见过，谁的肉身可以刀枪不入？谁的刀剑快过子弹？现在打仗杀人，都是火枪火炮，刀剑还有何用？"

龙秋堂不以为然地哼了一声。

他又说："你爹去世前，是否交给了你一把钥匙？"

龙秋堂回答："正是。就在我身上。"

那人说："那就好，你随我走吧。"

龙秋堂本不愿跟他走，但是两条腿好像着了魔魅，一点儿也不听使唤。

那人牵着龙秋堂，不一会儿，就消失在了茫茫的黑夜中。

第二天，一大早，孟铁柱就去敲门，他惦记着报仇的事。可是龙秋堂家门紧闭，似乎没有回来的迹象。他又上一棵大杨树，隔着香脂河，偷看郭鬼子家的动静。

郭鬼子、歪眼、癞头都活得好好的，一点儿伤也没有。孟铁柱嘴里嘟囔着："莫非龙哥也是胆小鬼，答应帮我报仇的，怎么一声不吭地就溜走了？"

不一会儿，郭鬼子家来了七八个挎着枪、穿着军装的人。郭鬼子点头哈腰地伺候着，又是打躬，又是引路，比侍奉他爹还亲热。

孟铁柱心里纳闷儿，这郭鬼子真是毛驴下骡子——变种，咋么又和军队勾结上了？有了这些挎枪的撑腰，想报杀父之仇更没辙了。

他朝郭鬼子家狠狠地啐了一口，又小声咒骂几句，才下了树。这时，肚子咕咕叫了，该找吃食了。可是到哪里去找呢？这段时间，整个灵龙镇的饥荒更严重了。富裕一点的人家凑一些钱，三五搭伙，到定县购买几袋粮食；穷困一点的人家已开始在河边刨草根、在山上扒树皮了。

孟铁柱正漫无目的地在灵龙镇上瞎逛。忽然，背后有人喊："柱子。"

他回头一看，刘文定正气喘吁吁地向他招手。

刘文定说："你小子，跑哪去了？害得我到处找你。"

孟铁柱忙鞠躬说："先生找我有事？"

刘文定说："你们兄妹无依无靠、缺衣少食，我给你找个活儿干，你卖几天力气，也好换些吃食。"

孟铁柱十分感激，又鞠躬说："干什么？"

刘文定说："张老爷家要办堂会，需要人手。我向祁福求了情，让你来帮忙。你每天上山砍两大捆上好的干柴，张家每天支付3斤黄小米。"孟铁柱自然乐意。

原来，前些日子，张广财从北平回来了，虽然没有找到三小姐张明佳，但是粮食卖了个好价钱。回家后，正好赶上五十五岁生日。

刘文定撺掇着张广财办一场堂会戏。理由是：一者张老爷鉴机识变，财运亨通，此次从北平回来，一路平安，收获颇丰，应该庆祝一番；二者整个冬天，灵龙镇一直被一层沉沉的晦气笼罩着。张老爷是灵龙镇的首富，应该做点儿贡献，办一场大戏，好好地冲冲喜，让乡亲们高高兴兴地迎接春天。

这话说到了张广财心里，他也想热闹热闹。此次去北平，不仅赚了钱，而且还和北平的几家粮商搭上了关系。从今往后，一定会财源如水，滚滚而来。小小的灵龙镇，张广财觉得已经不是他的"天下"了。所以，他决定派祁福到保定府请一班唱老调梆子的名角，在灵龙镇唱个十天八天的。

名角出场自然很气派，赶车的、化妆的、伴奏的，来了一大群人。一时间，张广财家张灯结彩、喜气洋洋，好不热闹。

头一天唱《五女拜寿》，第二天唱《范蠡献西施》，第三天唱

《罗通扫北》，第四天唱《忠烈千秋》……生旦净末丑，一群大花脸在张广财家里咿咿呀呀地唱起来。

孟铁柱每天山上山下，忙作一团。偶尔，还能听几句戏文，学着人家的腔调，吼上一阵子。

灵龙镇的乡亲们，有的站在房顶上，有的爬到树梢上，兴高采烈地看着大戏。即便是饿肚子的大事，也好像忘到了脑后。

在这人山人海中，乡亲们感觉好像少了一个人。这个人就是"憨蛋"张彪。按理说，张家办堂会正需要人手，他应该来帮忙。即便不帮忙，也应该凑凑热闹、蹭吃蹭喝。可是，几天的堂会办下来，张彪一直未露面。

孟铁柱也很纳闷儿。这一天，他闲来无事，鬼使神差般地溜达到了张彪家。

张彪正关着门子烧火，锅里咕嘟咕嘟地炖着肉。那香味弥漫在整个屋子里，顺着墙缝往外窜。

张彪看到这个不速之客，斜着眼说："找我有事？"

孟铁柱支支吾吾地说："没……没事。你叔办堂会，怎么没见你？"

张彪淡淡地说："我有饭吃，找他作甚。"

孟铁柱的那双眼睛情不自禁地落在那锅肉上。

张彪扭头看看孟铁柱那双火辣辣的眼睛，迅速地拿起盖子把锅压好，然后对他说："你还有事？没事走吧。"

一锅肉在眼前，孟铁柱当然不愿意走。他笑着说："彪哥，这肉从哪来的？"张彪没有回答。孟铁柱连忙解释说："彪哥，我没有别的意思。咱们都是穷人，若是有活命的路子，别忘了我。"

张彪没有回答他的问题，停顿一会儿，又眨巴眨巴眼睛，对他上下打量一番说："你妹妹红草多大了？"

孟铁柱说："十四岁。"

张彪说："你过来，我告诉你。"

孟铁柱丈二和尚摸不着头脑。这事和妹妹有什么关系？还没思量清楚，张彪就附在他耳朵边，悄悄地说了一番话，还嘱咐他："千万不能告诉别人。"

原来，灵龙镇有个红石岗，红石岗有个乱葬坟。在镇子上，凡是夭折的、饿死的、病死的，不能葬在祖坟的，或者没有祖坟的，都草草地埋在那里。前段时间，从东北逃难来的、饿死在灵龙镇的那对母子，也埋在了那里。

红石岗那个地方，阴气重、凶得很，一般人不愿意去。凡有类似的事，都雇张彪来办理。张彪是"憨蛋"，但有"憨胆"。他用一张席子，把死人的尸首裹起来，扛在肩上，就去了红石岗。

红石岗上有一群野狗。张彪思量着，有这群畜生在，我何必饿肚子？所以，这几个月来，张彪隔三岔五，趁着三更半夜，趴在红石岗上，伺机打杀一只野狗拖回家。现在的张彪早已吃得膀大腰圆、肠肥脑满。

但是，这桩事，他一直保守秘密，别人不知道。因为那个年月，甭说吃肉了，一般人家糠菜都没得吃，饥饿好像是瘟疫，在空气中传染。当下的时节，马上就是春天了，"闹春荒"是免不了的。饿极了的人，哪管红石岗凶不凶，一定会有人上山打狗。到那时，人人打狗吃肉，自然也就断了自己的活路。

孟铁柱是第一个知道张彪秘密的人。他肚子饿，更馋肉，三番五次央求张彪尽快带他去，还差点儿给张彪跪下。

这一天，张彪终于同意了。

深更半夜，他们两人摸上了红石岗。不一会儿，从远处跑来一群露着白牙、眼放绿光的畜生。它们刨开那些简单的坟茔，嘴里发出"嘶嘶"的抢食声。

张彪小声嘱咐道："等我口令，爬近了再下手，务必一下打中。否则，被它们包围了，就会丧命。"

可是，孟铁柱看看四周，乌漆麻黑的，只有一群绿油油的眼睛盯着自己。他早已吓得心智不清，还没等张彪发出口令，就纵身一跃，抢起斧头胡打一气。没想到，野狗没打着，却被野狗咬了两口。

张彪把他背回家。妹妹红草看着受伤的孟铁柱，眼泪扑簌扑簌地往下落。孟铁柱说："别担心，死不了。"

死是死不了。可是，人受了伤，动弹不得。仅凭妹妹红草一个人，到哪里找吃食呢？往后的生计怎么办呢？

这真是雪上加霜。兄妹两人陷入了前所未有的困境。

（六）

去年一冬无雪，今春又是大旱。

听说，陕西、河南那边更严重，颗粒无收、饿殍遍野，还有易子而食的事。灵龙镇的年景也不好。香脂河的水细了又细，还不如一头母猪撒个尿多。炎炎赤日，黄土腾尘，种子无法落地，预示着饥荒将更加严重。刘文定三番五次找马神婆求雨，可是无济于事，老天爷依然不下雨。

镇西头又饿死了人。当然，这类事还得雇用张彪来干，张广财又支付了 20 斤黄小米。张彪提着这 20 斤黄小米没有回家，而是径直来了孟铁柱家。

孟铁柱还是不能下炕走路。红草正端着半碗野菜汤喂哥哥。

张彪看了看这满脸菜色的兄妹二人，又掂掂手里的黄小米说："柱子，你真是不中用，妹妹跟着你，连饭都没得吃，真是可怜……"他停顿一下，又挠挠头说："可惜咱们是两家人，我不能无缘无故地帮你们……要不，把红草嫁给我，我们就成一家人了，我养活你们两个……"

红草一听，一下子红了脸。她跑出去，挎上篮子，去河边挖野菜了。

孟铁柱听后一股火气涌上来，心里骂道："妹妹怎会嫁给你这个'憨蛋'？"但是眼睛不由自主地盯住了那半袋黄小米。

他们兄妹两人很长时间没有吃过一把正经粮食了，粮食的味道，孟铁柱几乎想不起来了。

他摸摸屁股，又拍拍脑门儿，笑着说："彪哥，就这点粮食作聘礼，少了点儿吧，怎么也得300斤吧。再说，这事不能急，虽然我们是穷人，但毕竟是婚姻大事。怎么也得择个日子，请刘文定老爷做个见证吧？"

张彪说："那咱们就一言为定。等攒够300斤粮食了，我再来。"说完，提起那半袋黄小米就要走。孟铁柱眼疾手快，一把捂住那半袋黄小米，笑嘻嘻地说："带都带来了，你怎么好意思提走？这就当个见面礼吧。"

张彪愣了一下，说："行吧，送给你。但这粮食是让红草妹子吃的，不是让你吃的。"

张彪走了。孟铁柱不顾伤口的疼痛，趴在炕沿上，迫不及待地煮起粥来。

这一边，红草还在河边寻野菜。香脂河两岸挤满了挖野菜的乡亲们。红草一边挖野菜，一边掉眼泪。她心里明白，哥哥受了伤，赚不回粮食来，家里已经断了炊，自己已经成了负担。嫁人，也许是哥哥和自己能够活下去的唯一出路。

但是嫁给张彪，心里怎么也不痛快。因为龙秋堂已经钻进她的心里。可是，现在龙秋堂在哪里呢？在自己最难的时候，自己喜欢的人却不见了踪影。

红草越想越伤心，哪里还有心思挖野菜，她挎起篮子去了郜润德家。因为她知道郜家与龙家是世交，也许郜润德知道龙秋堂的下落。

郜家在镇子上是上等人家，青色的瓦房、两进的小院，房前屋后栽着几株桂花树、石榴树，看上去清净、幽雅。红草扑通一声，跪在了郜家的门口。

郜家门子见状急忙说："姑娘，这是干吗？你要找谁？快起来。"

红草说："我想见郜老爷。"

门子说："郜老爷在家清修，不见客。"红草不说话，执拗地跪着。门子无奈，只好进去通报郜润德。

郜润德正在喝粥。虽然他修炼了如意蟾光大法，但还是凡人一个，不能离开吃食。他放下碗筷，迎了出来，问道："姑娘，有事吗？"

红草说："郜老爷，你可知道龙秋堂去了哪里？他在镇子上失踪好长时间了。"

郜润德捋捋胡须说："姑娘打听他作甚？"

随即，他看见红草低着头、红着脸、不说话，停顿一下，又说："放心吧，那个毛头小子会耍刀、有武功，不会出乱子。过一阵子，也许就回来了。"

红草欲言又止。郜润德招招手，吩咐门子："包一些吃食，送给姑娘。"

红草就这样被打发回家了。

东升西落，只要有太阳和月亮，就有日子。只不过这日子是苦涩的。灵龙镇还是滴雨未下，干燥而温暖的空气，好像藏着许多瞌睡虫，让人昏昏欲睡。这一天，天刚蒙蒙亮，乡亲们还在睡梦中。灵龙镇的牌坊底下就涌来了一群军人。为首的军官披着绿色军大氅，坐在高头大马上，煞是威风。不远处，一个蓬头垢面的姑娘，被五花大绑在一棵大槐树上，嘴里还堵着塞子，不让说话。

那个军官拔出手枪，向空中"啪""啪"地打了几枪。这时，郭青圭从军官后面走出来，一边咣咣地敲锣，一边大声喊："乡亲们，快来看，要枪毙共产党分子了……"

灵龙镇不大，也就七八百人，素日里与政府没有关系。在睡梦中被惊醒的乡亲们不知道发生了什么大事，个个揉着惺忪的睡眼，来到了牌坊底下。

这时，张广财家里又"啪""啪"地响了一阵枪。乡亲们哪里见过这种打枪的阵势，早已吓得捂着耳朵，蹲在地上，有的还想扭头回家。

郭青圭又咣咣地敲锣，大声喊："乡亲们，不要怕，不会伤害你们……"

不一会儿，几个官兵押着张广财一家老老少少走了过来。

原来，一清早，由癞头带路，一队官兵早已包抄了张广财的家。祁福带着护院与官兵打了起来。可是，这些护院平日里不打枪，现在手里有枪不会打，根本不是官兵的对手，一个回合下来，就被打得四散逃窜。祁福在逃窜过程中还被打中一枪，现在是死是活还不知道。

张广财一家人被赶到大槐树底下。这时，郭青圭上前一步，清清嗓子，拱拱手，指着坐在马背上的军官说："乡亲们，我给大家隆重介绍一位大英雄。他就是我的朋友赵团长。由于军队换防，来到了我们这里。赵团长是来保护我们的。大家欢迎。"

乡亲们并不认识赵团长，也没有几个鼓掌的。这个赵团长是原来驻守完县的赵团长，龙大轩就是被他的手下打死的。所谓团长，只是 个称谓，手下没有那么多当兵的，最多也就三四百人。所谓换防，其实是被别的军阀赶了出来，在完县混不下去了，只好往西走，换一个新地盘。

赵团长侧身下马，也拱拱手，拿腔作势地说："乡亲们，鄙人姓赵，初来贵地，请多多照顾。鄙人效忠党国，爱护民众，是不会伤害大家的。"

这时，刘文定从人群中走出来，对赵团长说："军爷，既然保护我们的，为何抓了张广财老爷一家人？"

赵团长没答话。郭青圭用手指着绑在树上的姑娘说："张明佳是共产党分子，张广财一家人难逃干系。"

乡亲们这才明白，绑在树上的姑娘原来是张广财的三女儿张明佳。

可是，这些人早已吓得浑身哆嗦，个个不敢说话。只有刘文定大声说："明佳是一名学生，怎么成了共产党分子？捉贼见赃，你们有证据吗？莫不是抓错了？"

郭青圭大声吼道："不会错。她就是共产党分子，张广财一家人全是。北平城早已贴出了捉拿告示。按照党国法纪，只要是共产党分子，就得就地正法。谁要是包庇共产党分子，同罪论处。"郭青圭把"同罪论处"四个字说得格外响亮，企图吓唬刘文定。

刘文定是前清的秀才，风风雨雨几十年，王朝更迭的事也经历过，哪能轻易被吓住？

他径直走到赵团长面前，微笑着说："军爷，您初来乍到，怎么会突然到北平城捉拿张明佳呢？"

赵团长还是没答话。气急败坏的郭青圭嘟囔半天，也没说出什么来。他总不能在大庭广众之下，把他的勾当和盘托出来。

原来，自从张广财逼迫他还粮后，郭青圭就一直策划报仇的事。他一边派人到北平寻找张明佳的下落，一边物色合适的军方当靠山。他希望依靠军方的势力一举打掉张广财，没了张广财，他就成了灵龙镇的一号人物。

刘文定捋着胡子，依然微笑着对赵团长说："军爷，贵军换防，辗转多地，粮弹多有消耗，听老朽一句劝，眼下头等大事是补充粮食弹药，再莫为其他事劳神费时。馒头山那边山贼猖獗，若是山贼抢掠，全镇父老乡亲还得仰仗军爷保护。"

这话说到了赵团长的心坎上，像他这样的小军阀，最重要的是尽快弄到金钱、粮食、弹药和地盘。其他的事，什么共产党不共产党，一点儿也不重要。

刘文定看到赵团长的态度有些许变化，继续趁热打铁，转移话题。他说："张广财老爷是当地有头有脸的财主，还兼着镇公所的公干，曾多次向国军捐粮捐款。贵军来此，张老爷没有事前劳军，这是天大的过失，不如让他捐些钱粮，以赎罪过，放了他们。"

赵团长沉思片刻，睨着眼说："捐多少？"

没想到赵团长答应得这么痛快，刘文定一时卡了壳，张嘴结舌，不知道说什么。因为他确实不知道张广财有多少钱财。

（七）

太阳悄悄地露出了脑袋，灵龙镇的牌坊底下长出了一片细长细长的影子。乡亲们蹲在地上窃窃私语，说啥的都有。有的说："破财免灾吧，活着总比死了好，扛枪的惹不起。"有的说："张广财挣黑心钱，租子收得太重，遭了报应，活该。"也有的说："张广财虽然财迷，人却是个好人，谁家有难事，他都帮忙，不该遭此劫。"

一个士兵搬来一张马凳，赵团长一屁股坐上去，不慌不忙地把弄着手里的枪。

刘文定走到张广财身边，小声说："张兄，怎么办？"

张广财咬牙切齿地说："是郭鬼子祸害我。"

刘文定说："事已至此，不要多说了，最要紧的是保住一家人性命。"

郭青圭本想把张广财置于死地，但是赵团长初来此地，无冤无仇，似乎不想杀人。郭青圭弓着腰，凑在赵团长耳边，嘟囔着什么。

突然，赵团长向天空开了一枪，乡亲们安静下来。随即，赵团长对刘文定说："200大洋一口人，少一个子也不行。"

张广财一家老小共9口人，也就是说需要1800大洋。这在灵龙镇已是天文数字。谁家有这么多钱？张广财是镇上的首富，但是也没有这么多钱。刘文定本想和赵团长讨价还价。不料，被几个士兵架到了一边去。

牌坊底下又骚动起来，乡亲们议论纷纷。有的说："张家的命太值钱了，一头正值壮年的骡马也卖不了这么多钱。"有的说："张广财有钱，贩粮食到北平，赚了不少钱。"也有的说："张广财虽然有钱，但他是个财迷，宁舍命也不舍财。"

张广财当然舍不得财产，舍财比割肉还疼。但是他不糊涂，面对可怜巴巴的一家老小，还是把家里的金、银、首饰、现金收拾了个干干净净。

但是，这些金钱折合大洋也就800多，只能放出4口人。还有5口人，怎么办？张广财跪在地上，号啕大哭。看到这情形，乡亲们也有落泪的。可是赵团长面无表情，纹丝不动。

郭青圭一脸阴笑，对张广财说："张老爷莫急，你还有房子、田产和粮店。"张广财心里一怔，他明白郭鬼子不安好心。这些家业是张家几代人的心血，哪能轻易卖出去？但是不卖，还有别的办法吗？张广财心里一阵阵绞痛。

放眼望去，能买张广财家业的人，也只有郭青圭，其他人，哪有这么多钱？

郭青圭把一只脚踩在张广财的肩膀上，皮笑肉不笑地说："张老爷，关键时刻，救急的还是我。我买了你的家业，房子100大洋、土地300大洋、粮店200大洋。若是你不卖，一家老小就等死吧。"

张广财家遭突变，心里没了主意，只是不停地哭泣。被架到一旁的刘文定大喊："郭鬼子，张老爷的家业，少说也得值1000多大洋。你这是落井下石、趁火打劫，你不怕遭了报应？"

郭青圭不理刘文定，一挥手，让歪眼拿来了 600 大洋。

张广财捧着 1400 大洋送给了赵团长，赎出了 7 口人。可是，还差 400 大洋。张广财无奈，只好留下了自己和老伴。

赵团长说："老子一口唾沫一颗钉，拿不来钱，就崩人。"于是，把张广财夫妇绑在了树上。如此结果，郭青圭正恰意。他笑着说："张老爷，全镇的父老乡亲给你送行，你该知足了，放心走吧。"

在那个年月，有枪就是王法。枪毙一两个人是常有的事。赵团长让几个士兵举起了枪口。

正在这时，郜润德从镇子上走了出来。只见他一袭长衫，脚蹬云履鞋，穿过人群，径直走到赵团长面前。

郜润德拱手说："鄙人郜润德。听说，赵团长是八卦拳赵师傅的后人，你可识得这个？"郜润德说完，熟练地耍了两个动作。

赵团长一看，眼神愣愣地盯着郜润德，然后慢慢地站起来，向郜润德深鞠一躬。

郜润德说："不知赵团长能否给个薄面，放了他们。"赵团长没说话，只是挥挥手，带着那群士兵撤了。郭青圭不明白为什么要撤，像一条狗似的跟在后面，问东问西。

张广财夫妇被解救下来，一家人抱头痛哭。随后，又向郜润德叩谢。郜润德撂下一句："区区小事，何足挂齿"。然后一撩青袍，翩然而去。乡亲们不明就里，越发觉得郜润德这个人深不可测。

眼下，张广财一家人没了房子、没了田地，无处安身、无以养命。但是他又拒绝刘文定的救助，带着一家人凄凄惶惶地上了灵龙山。

赵团长没有在灵龙镇驻扎，而是带着队伍去了县城。郭青圭追随赵团长而去，还在县城当了治安队长。癞头也去了县城，当了治安队副队长，只留下歪眼一个人替郭青圭打理灵龙镇的产业。

　　这天傍晚，粮店、当铺打烊后，歪眼提着吃食直奔马神婆家。走到香脂河边，只见张彪披着一张黑袍子蹲在那里，像一条黑狗似的挡住了去路。

　　歪眼觉得来者不善，蹑手蹑脚地向前走了几步，又笑眯眯地叫了一声："彪爷。"

　　张彪瞅他一眼，面无表情地说："手里提的什么？"

　　歪眼说："一小坛枣木杠子酒。"

　　"拿来，让爷尝尝。"张彪指着酒说。

　　歪眼依然笑眯眯地说："彪爷，不好吧。这酒是供神仙的，你喝不得。"

　　"谁说喝不得？爷偏偏喝它几口。"张彪一边说，一边扑向歪眼。

　　歪眼心里明白张彪是个"愣种"，惹不起，所以掉转脑袋就向回跑，一边跑，一边从腰里拔枪。

　　张彪纵身一跃，就把歪眼扑倒在地。然后，他骑在歪眼的身上，抓住歪眼的头发，像敲鼓似的，用歪眼的脑袋狠狠地砸地。一边砸，一边骂："你敢打老子，拔枪呀，拔呀、拔呀……"

　　歪眼满脸是土，嘴里不停地求饶："彪爷，祸害你叔叔张广财的不是我，是郭鬼子干的，真的不关我的事。"歪眼认为，张彪今天故意找碴儿起事，是为了给张广财报仇。

张彪却说："张广财的死活，关我屁事。爷想揍谁就揍谁，今天，爷看你不顺眼。"他把歪眼摁在地上，又打了几个耳光。

歪眼哭泣着求饶："彪爷，我没得罪你，饶过我。但凡你有个道道儿，我一定听你的。"

张彪觉得火候差不多了，就轻描淡写地说："问你一件事，若说实话，爷就放过你。"

歪眼点着头："一定说实话。"

张彪问："你和马神婆藏了多少钱，多少粮？藏哪儿了？"

歪眼转转眼珠子，犹豫了一下。张彪举拳又要打。歪眼赶紧用手护住脑袋："我说，我说，100块大洋、200斤粮食，埋在……埋在马神婆屋后的大槐树底下了。"

原来，前些日子，马神婆说了一则预言："有天，王吃土；无天，土吃王。"这正是后山栖霞观的那副对联。马神婆解释说："天地往复，循环不已，不久的将来，就是一个无天的年月。大劫难频频来临，大地张开大嘴，不知要吃多少人。"

歪眼心里害怕，问马神婆有没有破解的招数。马神婆说："有的人，有命没饭吃；有的人，有饭没命吃。"歪眼就是有命没饭吃的人，要提前预备一些钱粮，以防万一。所以，歪眼伙同马神婆在粮店和当铺的账目上做了一些手脚，私吞了一些钱粮。不过，这事做得不够机密，被成天游手好闲的张彪看在了眼里。

张彪指着歪眼的脑袋说："你小子，吃里扒外，若是我告诉郭鬼子，他一定扒了你的皮。"

歪眼急忙求告，还说：只要彪爷守口，什么条件都能答应，那

100 块大洋分给彪爷三分之一也可以。

张彪挠挠头说："爷不要大洋。不过，有个条件，就是聘我到店里当个伙计。"

歪眼觉得这事不难，店里多一个人少一个人，也就是一句话的事，所以就一口答应了。

从此，张彪成了一名店伙计。说是一名普通伙计，可是，没人敢管他。因为他抢了歪眼的盒子炮，挂在自己腰里。粮店里的粮食、当铺的金钱，他想背就背、想拿就拿。粮店和当铺，几乎成他家的了。

（八）

日子就像流水，春来冬去，花谢花开，眨眼就是几年。

张广财在灵龙山凿两个山洞，一家人依洞而居，又开垦了几亩荒田，勉强能过日子。

镇上有人说，张广财煞气重。他是灵龙镇首富的时候，镇子上不是天灾，就是人祸，家家户户吃糠咽菜，日子艰难。而这几年，他家道败落了，镇子上反而风调雨顺、五谷丰登。

再有，歪眼替郭青圭打理生意，来往账目大都糊里糊涂的。因为他本身就是个混吃混喝的人，哪里有打理生意的本事，乡亲们在籴米买粮、交租赎当的过程中总会得些便宜。所以，灵龙镇家家户户能吃饱，没有一个饿死的。

不过，最近，镇子上又不太平。听说，娘子关那边闹鬼子，凶得很。隔三岔五，就有三五结对的散兵游勇，从镇上子经过，有的还缺胳膊少腿儿。

刘文定很担心。当然，他不是担心娘子关，而是担心灵龙镇。因为这些散兵游勇缺衣少吃，说不准哪一拨儿会像土匪一样，在镇子上劫掠财物、杀人放火。他本想到县城请赵团长和郭青圭保护灵龙镇。

可是，还未成行，马神婆来报告，王家坟闹鬼了：每当子夜时分，星星点点的鬼火就围着王家坟飘飘荡荡，一群黑衣身形影影幢幢。

自从张广财败落后，刘文定就自觉地扛起了镇公所的差事，镇上发生的大小事情都向他报告。

刘文定看一眼马神婆，淡定地说："大白天说瞎话，哪里有鬼？"

马神婆一脸认真地说："这事是真的。王婆、张婆晚上去茅厕，看见了鬼火，都被吓傻了。"

果不其然，这两天，镇子上流言四起，人心惶惶。

刘文定觉得事出蹊跷，想探个究竟。可是，自己年迈体衰，行动不便。他寻思着让张彪夜探王家坟：一者，张彪是出名的憨大胆；二者他腰里挎着歪眼的盒子炮。

张彪正在修葺自己的老房子。刘文定说明来由，张彪却回了一句："关我屁事。"

自从张彪挎上盒子炮，整个镇子上，无人敢招惹他。粮店的粮食想背多少就背多少，当铺的钱想拿多少就拿多少。当然，他背的粮、拿的钱，不是自己吃，也不是自己花，而是全给了红草。

当前的红草，已是山坡上滚石头——大翻身，成天涂脂抹粉、穿金戴银，两只手养护得又嫩又细，宛如豪门家的千金小姐。

而他哥哥孟铁柱更是借汤下面——沾了大光。不仅不愁吃、不愁喝，而且买了几十亩地，当起了地主。如今的孟铁柱叼着水烟袋，抬着头、挺着胸，阔步走在灵龙镇的大街上，无人敢小瞧他。

在红草心里，一直藏着龙秋堂，虽然嫌弃张彪的呆憨，但是人生一世，嚼裹儿为大。这几年，没有张彪的帮助，兄妹两人怎能活下来？在她心里，越来越明白，嫁汉嫁汉，穿衣吃饭。况且张彪对自己百分之百的好，跟着他，不会受委屈。如此以来，这一生还奢求什么呢？所以红草决定嫁给张彪。

张彪收拾老房子也正是为了迎娶红草。

这一边，刘文定吃了闭门羹，一个人正在屋里捻着胡须，踱步子、想办法。突然，有人造访。只见这个人身穿长衫、头戴毡帽，迈着大步走进来。后面，还跟着四五个小伙子，穿着短衣短衫，打着绑腿，腰里还挎着枪。

刘文定以为这是一伙儿散兵游勇，要打秋风、抢粮食。他皱起眉头，机警地说："各位军爷，你们找谁？龙灵镇今年遭了大灾，没有粮食。"

没想到，那人摘下毡帽，叫了一声"恩人"。

刘文定定睛一看，原来是宋义。

他急忙两手扶住宋义。两个人寒暄几句，分主宾坐下。刘文定又吩咐家人，拿出红枣、花生、炒豆子招待宋义一行。

几年不见，物是人非，两个人攀谈起来。原来宋义带着一家人到太原投亲后，在友人的介绍下，加入了地下党组织。七七事变后，按照党组织的安排，宋义又成了一名八路军。此次潜入保定府执行一项特殊任务，路经灵龙镇，专门拜访刘文定。

两个人相谈甚欢，不知不觉，太阳已落山。宋义见天色渐晚，起身要走，并掏出一摞大洋，作为四袋粮食的钱款。

刘文定推托不要，并挽留他们在家吃饭过夜。

宋义推谢。

刘文定思索片刻说："义士，我正有事求人，钱款就不要了，能否给我帮个忙？"

宋义笑笑说："乡亲们的事就是我们的事，何况是恩人的事，但凡能做到的，我们一定帮忙。"

刘文定把王家坟闹鬼的事前前后后讲述了一遍。宋义笑笑说："哪里有鬼？一定是有人在捣鬼。今天晚上我们一起探个究竟。"

宋义爽快地答应了。刘文定抓紧安排饭食。

人定时分，宋义带着人摸到王家坟南面，趴在一个小山坳里观察动静。

今夜无月，天地一片黢黑。夜风飒飒，卷起黄土，夹杂着残枝败叶，在坟冢中打旋儿。远处的树枝上，还飘来"夜猫子"瘆人的叫声。

果真，不多久，从王家坟的西面，走来十余人。各个手里提着马灯，穿着花花绿绿的衣服，脸上还戴着狰狞的面具，看上去，活像一群鬼。

只见这群人围着王家坟，一会儿用锄头刨坑，一会儿用铁锹挖土，还不时地相互附在耳边交流着什么。

宋义猜测，这不是鬼，是一群盗墓的。他正要起身，制止他们。只见王家坟的北面，又蹿出两个黑衣人，手里拿着家伙，大喝一声："哪里来的小贼？"

不由分说，两个黑衣人跳上前去，就打倒两三个人。那群穿着花花绿绿衣服的人，也不甘示弱，抄起铁锹就打了起来。一时间，王家坟里刀光剑影，尘土飞扬。

那两个黑衣人，武功着实高，不一会儿，就打倒七八个。

就在这时，有人大喊："快撤。"

那群穿着红红绿绿衣服的人听见命令后，纷纷爬起来向西跑。一边跑，一边回头打枪。枪声"啪""啪"地向两个黑衣人射来。两个黑衣人被枪声压制住，趴在地上，不敢露头。

这时，宋义觉得自己现身的时机到了。

他大喝一声："哪里跑？"带领弟兄们一跃而起，冲了上去。那四五个小伙子一边开枪，一边追赶那群穿着红红绿绿衣服的人。宋义则跑到两个黑衣人面前，摁住他们。

不料，那群人逃跑的功夫着实不赖，四五个小伙子只抓住了一个人。

宋义把他们一并绑了起来，押到刘文定家里。

刘文定提着马灯一瞧，大惊失色。那两个黑衣人是龙秋堂和祁福。摘下那个人的面具，正是癞头。三个人都是灵龙镇的人，宋义觉得不便参与，也正好有任务在身。在鸡鸣时分，他便带着弟兄们走了。

刘文定把他们绑在院子里，请来郜润德、马神婆等一群乡亲，开始审判他们三个。

马神婆气愤地说："你们三个深更半夜，装神弄鬼，已把王婆、张婆吓出了精神病。快说，你们到王家坟干什么去了？"可是三个人面露铁色，一句话也不说。

郜润德走到龙秋堂身边，小声说："儿啊，你小时候，我就教育你，人要走正道，钱财名利要来得公平、去得仁义。没想到，你出去几年，却干上了挖坟盗墓的勾当。"说完，一边摇头，一边进了屋。

不知何时，天已大亮，刘文定家里围了一大群人。红草也在其中，看着被绑在树上的龙秋堂，心里五味杂陈。

乡亲们指指点点，议论纷纷。有的说："把他们押到县城送给官府处理。"有的说："官府腐败，灵龙镇的事，还是自己处理，打死他们算了，掘墓挖坟是断子绝孙的大罪，不可纵容。"

在屋里，刘文定、郜润德正在商量对策。他们觉得这三个人成了烫手的山芋，不知如何是好。如果把他们送到官府，癞头自然无罪，因为他现在是县治安队副队长，和官府穿一条裤子。这样一来，龙秋堂和祁福很可能就蹲了牢房，甚至丧了性命。如果灵龙镇自己处理，那怎么处理呢？

郜润德沉思一会儿说："还是自己处理吧。因为王家坟是一座荒坟，没有人追究此事。再说，对坟墓破坏也不大。咱们大事化小、小事化了，让他们三个人把事情的来龙去脉说清楚，并写下悔罪书，张贴在镇子上，确保以后不再犯就是了。"

可是他们三个人拒不交代，也不写悔罪书。

郜润德铁青着脸说："饿他们两天，是骨头硬还是饭硬，自然见分晓。"

（九）

傍晚时分，癞头挺不住了，饿得心发慌。他向郜润德表示，愿意交代。

刘文定把癞头叫到屋里，点着灯，摊开笔墨纸砚。癞头交代，刘文定记录。

原来，赵团长和郭青圭到县城后经常一起吃吃喝喝。有一次，赵团长酒喝多了，就讲起了他的身世。他说，他小时候命很苦。庚子那年，八国联军打入北京，父亲战死，家道中落，缺衣少食。不多久，母亲也病死，他就成了孤儿。孤儿的日子很难熬。一场大雨把赖以寄身的房屋也冲毁了。他白天走村串巷讨饭吃，晚上就蜷缩在房角下露宿。

可是不多久，一个道士找到他，帮他修好房子，还留下一些钱财，并告诉他，这是一位叫郜润德的老爷给的。此后，每隔一年半载，那个道士就会来一趟，不仅留下一些钱财，而且还教他一套拳术，并说"这是你父亲生前习练的八卦拳"。直到十六岁以后，那个道士才不再出现。

因此赵团长怀疑，那个道士口中所说的郜润德就是灵龙镇的郜润德，因为那一天在灵龙镇牌坊底下，郜润德所耍的两个动作正是那个道士所教的八卦拳。可是还有一个问题，赵团长始终想不明白，那就是郜润德不是富裕人家，那些钱财从哪里来的？

郭青圭插话说，当年，他父亲去世前曾讲过一桩事，也许与此有关。他讲，郜润德、龙大轩不是本镇人，是庚子那年从外地迁来的，还带来了大量的金银财宝。这些金银财宝放在家中不便，就在灵龙山的一个大凶之地埋了起来。

此后，郭青圭总是思索这件事。他认为灵龙镇的大凶之地，无非就是王家坟和红石岗，也许这两个地方真的埋着金银财宝。

"所以，郭青圭秘密派我在王家坟装神弄鬼，实质目的是为了寻找金银财宝。"癞头交代说。

郜润德问："那龙秋堂他们去干什么？"

癞头接着说："我不知道。我们挖了几天，也没找到金银财宝。昨天夜里，我们正要继续挖，不知龙秋堂从哪里跳了出来。乌漆麻黑的，谁也看不清，我们就打了起来……"

郜润德和刘文定对视一眼，彼此心里明白，原来癞头和龙秋堂他们不是一伙儿的。

刘文定吩咐，把癞头关到柴房，给他一些吃食，把事情搞明白了再放他。

刘文定和郜润德又审起龙秋堂和祁福，可是他们依然不说话。正当两个人无可奈何的时候，一个身着道袍、脚蹬云履、白发白须的道人飘然而至。

郜润德急忙起身，叫了一声："师兄。"原来是采童道长。

刘文定也忙拱手作揖，安排坐下，端上清茶。

郜润德问："师兄为何事下山？"

采童道长用手一指："为了他们两个。"

刘文定和郜润德惊讶地看着采童道长。

龙秋堂和祁福也急忙向采童道长行礼。

采童道长呷口茶，缓缓地说："他们两个是我的徒儿，是我派他们两个到王家坟驱赶盗贼的。不料，螳螂捕蝉，黄雀在后，被师弟捉了来。"

郜润德笑笑说："不是我。我没那本事，是刘文定老爷把他们捉来的。怪不得他们宁愿挨饿，也不交代，原来是师兄的规矩大。"

采童道长继续缓缓地说："我要把他们两个带走。"

刘文定笑着说："他们是老道长的人，既不是挖坟盗墓的，也不是寻找金银财宝的，当然可以带走，当然可以。可是，癞头交代王家坟埋着金银财宝是怎么回事？"刘文定好像是问采童道长，又好像是自言自语。

采童道长沉下脸，没有说话。

郜润德急忙打打圆场，转移话题。他说："天色还不晚，师兄吃了饭再走。关键是他们两个一天多都没吃饭了，哪里还走得动。"

采童道长点点头。刘文定出去准备饭食。

采童道长和郜润德闲聊起来。郜润德说："几年不见，师兄依然容光焕发，不见老。"

采童道长笑着说："师弟莫恭维我。世间哪有不食人间烟火的？哪有长生不老的？气力已经一年不如一年了。"

郜润德又说："师兄可知道？前几年，大轩已经去世了。"

采童道长说："我知道，他违背誓言，落的惨死。秋堂这孩子要挖什么千年铁，替他爹报仇。我怕他走上邪道，所以就把他带到山上，管束起来。这孩子啊，心地光明，为人直爽，是个顶天立地的汉子。"

不一会儿，刘文定准备好饭食。大家正要吃饭，有人大喊："癞头跑了，癞头被歪眼放跑了。快追啊。"

原来，与癞头一起寻找金银财宝的人，撤到县城后，向郭青圭报告，癞头被抓了。郭青圭派人向歪眼捎话，务必想办法把癞头救出来，否则就扒了他的皮。歪眼不敢不听郭青圭的话，所以蜷缩在刘文定家的墙角下，却一整天也没捞到机会。刚才，采童道长到访后，歪眼见时机成熟，砸了柴房的门，带着癞头跑了。

祁福马上放下碗筷，说："我去追。癞头与我有大仇。当年，他带人抄了张广财老爷的家，还开枪打伤我。若不是采童道长救我，我早死在了灵龙山上。我们的账，今天也该算算了。"

采童道长挥挥手，示意祁福不要追了。

郜润德说："人已跑远，不要追了。癞头蓄意要跑，一定有接应的。他们手里有枪，万一中了埋伏，伤了自己不好。"

刘文定也说不要追了。

大家吃完饭，采童道长带着龙秋堂和祁福走了。他们三人没有马上回栖霞观，而是趁着漆黑的夜色去了王家坟。

此事过后，灵龙镇又平静了一段时间。男的下地种田，女的缝补做饭。香脂河静静地流淌，农户家腾起袅袅炊烟，这也是灵龙镇最幸福的时光。可是，不多久，有三五结伙的散兵游勇从镇上经过。刘文定心里依然不踏实。

这一天，他气喘吁吁地爬上灵龙山，向张广财请教办法。张广财放下锄头，一脸阴沉地说："我一个山野之人，食不果腹、衣不遮体，对镇上的大事，哪有什么办法！"

刘文定不依不饶，并劝说道："古之大丈夫，能屈能伸，身在草莽，心系家国。灵龙镇是我们共同的家园，乡亲们都是世世代代依存的亲人。张老爷善谋能断，又在北平见过大世面，好歹拿个主意。"

这几句话让张广财听着很顺耳。他脸上荡起浮光，捋着胡子开始分析："祸乱之源在于有人有枪，治乱之道也在于有人有枪。当前，若想保境安民，无非两条路：一条是靠别人，一条是靠自己。如果靠别人，比如，拿些钱财请赵团长、郭鬼子他们帮忙，但这些人狼子野心、贪得无厌，未必靠得住；再比如，拿些钱财请宋义他们帮忙，但这些人来无影、去无踪，未必靠得上。所以，这种事还得靠自己，人和枪在自己手里，睡觉也踏实。"

刘文定反问道："咱们这个镇子上，人少又偏僻。镇上都是老实巴交的农民，谁会打枪啊？"

张广财说："蛇无头不行，兵无将不动。有了良将，拿锄头的农民也会变成扛枪的士兵。谁天生会打枪？无非就是训练出来的。当年，我家的那些护院，就是有兵无将，导致有枪不会打，才使我落得如此下场。"张广财又一阵唏嘘，刘文定急忙劝慰几句。

听了张广财的分析，刘文定的脑子里好像清楚了许多。他又问："张老爷觉得咱们镇上谁可以为将？"

张广财说："采童道长、郜润德都可以。特别是采童道长，听说，他当年是大将军，带过千军万马。"

刘文定也听说采童道长带过兵，但不知是真是假。

第二天，刘文定拜访郜润德，说明来意后，郜润德却说："师兄的事，我不便饶舌。若想请他出山，你可亲自去找他。他若出山，我可以助他一臂之力。"

有了这句话，刘文定似乎心里有了底。过了几日，他准备好礼品，骑上毛驴，去了栖霞观。

（十）

刘文定是个文人，对栖霞观山门上的那副对联——"有天，王吃土；无天，土吃王"颇感兴趣。但是参悟多时，一无所获。见到采童道长后，两人一边品茶，一边探讨这副对联的深意，不知不觉，已经日落西山。若不是龙秋堂提醒，刘文定几乎把正事忘在了脑后。

这时，他看看天时，一拍大腿，急忙起身作揖，向采童道长说明来意。

采童道长却面露难色，笑着说："贫道是山野之人，且年事已高，不能担此重任，还请另谋贤良。"

刘文定听得出来，这是推托之词。因此，他打开话匣子，讲起了家国道理，希望以此打动采童道长。

可是，刘文定费了不少口舌，无论好说歹说，采童道长依然不为所动，只是说："贫道是方外之人，不愿参与尘事。"

这个时候，站在一边的龙秋堂不停地使眼色，意思是让刘文定带他下山，让他带头成立保安队。他在山上已住了几年，虽说长益不少，但是毕竟年轻，耐不住这古庙青灯的寂寞，早想下山做点事情。

可是，刘文定没能意会龙秋堂的眼色，依然祈求采童道长出山。

采童道长被聒噪得无奈，只好命人掌灯。然后，在灯光下讲述了他的故事。

他说，之所以不能出山，是因为在郜老爷面前发过重誓：此生不问国政、不碰刀枪，若违誓言，天地不容。

这郜老爷就是郜润德的父亲。郜家原本世居河南商丘，以耕读传家，门楣荣耀、家财丰厚。可是到了郜老爷这一代，家风突转。因为郜老爷生性讨厌读书，只爱舞枪弄棒。年轻的时候，遍访天下名师，学得一身本领。学成之后，就在家乡开馆收徒传授武艺。

郜老爷为人豪爽慷慨，怜贫惜弱。采童、龙大轩本是街头快要饿死的小乞丐，被他收留起来，并传授武艺。光绪年间，不知从哪里来了一大群洋人，在县城开洋馆、传洋教，还时常欺负乡亲们。郜老爷是练武之人，见不得这种不义之事，所以屡次出手教训洋人，替乡亲们出气。一来二去，郜老爷的名气响震远近，身边聚集了一大批慕名而来的练武之人。

庚子那年，洋人蛮横无理，大肆举兵，慈禧太后和光绪皇帝仓皇西狩。郜老爷忧国而忘身，几次向政府请愿，愿意带领弟兄们扶清灭洋、杀敌报国。得到政府同意后，郜老爷变卖家产，购置武器，带领一千多人进京护国。

这些人个个武艺高强，几场战争下来，打得洋人丢盔弃甲，非死即伤。为了对付郜老爷，洋人调遣人马，重兵围攻。正当郜老爷带领弟兄们殊死搏斗的时候，不料，清廷官兵两面三刀、背信弃义，从后方袭击了郜老爷的人马。郜老爷沉着应对，带领弟兄们左突右冲，杀出重围，但是自己身负重伤。

采童和龙大轩背着郜老爷一路向南，跑到永清县一个菩萨庙的时候，天已大黑。郜老爷吩咐停下脚步，收拢人马，清点人数。这一仗，死伤惨重，一千多人只剩下了几十人。郜老爷看在眼里，痛在心里，致使伤口崩裂，流血不止。他躺在大庙的稻草上，含着泪，向大家拱手。

随即，他撑着一口气，做了最后安排：一者，国政波谲云诡，非百姓所问；刀枪乃是杀人利器，不祥之物，劝请各位汲取教训，此生不问国政、不碰刀枪，做平安百姓。二者，官兵不会就此善罢甘休，还会大肆搜捕，劝请各位四散他方，不回故乡，或耕种、或经商，以养身命。

当时，郜润德也在现场。但是他年龄尚小，只会不停地抹眼泪。郜老爷嘱咐采童和龙大轩，一定要替他把郜润德教养成人。说罢，郜老爷咽气身亡。

一众人把郜老爷就地埋葬后，各走他乡。采童和龙大轩带着郜润德乔装成乞丐，继续向南走，走到易县地界，认识了另一个乞丐——郭猴子。

郭猴子本是在天桥上耍猴子的江湖艺人。洋人攻下北京后，一些富贵人家，为了保命，丢下万贯家财，连夜出逃。郭猴子趁乱潜到一座王爷府邸，摸了几块金疙瘩，又趁着外面火光四起、喊杀震天，溜出了北京城。为了不招人、不扎眼，郭猴子也扮成了乞丐。

四个人，白天沿街乞讨，晚上同住破庙。因为都是从战乱的北京城逃出来的，有着共同的经历，很快就熟络起来。

一个月后，时局稍稳，风声不紧，采童和龙大轩打算继续往南走，但不知往何处去。这个时候，郭猴子提出可以考虑跟他一起回家乡——灵龙镇。采童和龙大轩觉得郭猴子虽然尖嘴猴腮，但是为人也算实诚，就决定跟着郭猴子到龙灵镇。

到了灵龙镇后，在采童和龙大轩的帮助下，郜润德拜师学了医术。有了一技之长，便能安身立命。

几年后，郜润德长大成人，采童和龙大轩无处可去，也无事可干。采童选择了在栖霞观出家为道，龙大轩则到张广财家当了护院。

所以，采童道长一生坚守誓言，不肯出山。

刘文定听了他的故事后也只好作罢。

这时，天色已晚，采童道长挽留刘文定在栖霞观过夜。可是，刘文定牵上毛驴，执意要回灵龙镇。

采童道长觉得山高夜黑，很不安全，所以只好派龙秋堂送他回去。

刘文定满心欢喜而来，一脸沮丧而回，一路上，只是低头走路，一句话不说。翻过灵龙山，煞是惊讶，只见灵龙镇浓烟滚滚，火光冲天。

龙秋堂说："刘老爷，镇上走水了，赶紧救火。"于是两人三步并作两步，往镇上赶。跑到镇上，只见一片狼藉，哀号遍野。原来不是走水了，而是杀人了。

原来是傍晚时分，赵团长带着十余人，急匆匆地赶到镇上。乡亲们还没反应过来怎么回事，他就明火执仗地砸了郭青圭的当铺，抢了钱财，然后，又急匆匆地上了馒头山。

为什么赵团长打劫郭青圭呢？他们不是一伙儿的吗？

有人说，他们两个分道扬镳了。原因是，这两天县城来了一队日本鬼子。赵团长说："我的地盘我是王，岂能容鬼。"他本想组织队伍干一仗，把鬼子赶走。不料，郭青圭背后插刀，夺了赵团长的兵权，投降了鬼子。

这一招，让赵团长措手不及。他从被窝里爬起来，军装也没穿，就仓皇逃出了县城。此后，又有几个心腹之人陆续从县城逃出来，赵团长清点人数，只有十余人。

这时的赵团长没了军队，也没了钱财。他想到的第一件事就是抢了郭青圭的当铺。

县城那边，鬼子和郭青圭正在四处搜查赵团长的下落，一听到他现身灵龙镇的消息，急忙派人追杀过来。

癞头带着鬼子兵追到灵龙镇时，赵团长已经走了。气急败坏的鬼子把乡亲们赶到镇前的牌坊底下，架起几挺机关枪，逼问赵团长逃去了哪里。

乡亲们蹲在地上，低着脑袋，没人说话。这个时候，马神婆突然站起来，用手指着鬼子，大惊失色地说："我看清楚了，他们就是鬼。这两年，我时常做梦，大劫难要来，一群张牙舞爪的大鬼要吃我们。我梦中的鬼和他们长得一模一样。"

马神婆无知无畏，一脸惊喜地印证着她的预言。鬼子兵当然听不懂她在说什么，只是认为她在演讲，鼓动着老百姓反抗。为首的那个鬼子官掏出枪来，"啪""啪"就是两枪。

这两枪正中马神婆的后背。马神婆缓缓地转过身，张大嘴巴，瞪圆眼睛，用手指指着那个鬼子官，轰然倒在了地上。

这时，好像热油锅里掉进了一滴凉水，牌坊底下的乡亲们一下子炸了锅，顿时哭爹喊娘，四散而逃。不料，鬼子的那几挺机关枪也"嘣嘣"地响起来，刹那间，乡亲们一片一片地倒下。

过了片刻，没有倒下的乡亲们又被拢到牌坊底下。这时，乡亲们早已吓得浑身哆嗦，抱着脑袋，小声哭泣。鬼子又问，赵团长逃去了哪里？没有一个人应答。

这时，癞头大声说："刘文定呢？他是镇上管事的，把他揪出来。"人群里没有应答。癞头又向人群中瞅瞅，确实没有刘文定，反而郜润德在。

此时此刻，整个灵龙镇，也只有郜润德是有头有脸的人物了。他一撩布袍，缓步走向前去，对癞头咬牙切齿地说："赵团长长着两条腿儿，他去哪里，乡亲们怎么会知道？"

癞头皮笑肉不笑地说："郜老爷，鄙人知道你是条汉子。但是，今天面对的是日本皇军，不是过去的国军赵团长，劝你要识趣。否则，有你的苦吃。"

郜润德鄙视地瞪了他一眼说："你是个人，却跟着鬼混，白瞎了你这张人皮。今天因你而冤死了这么多乡亲，你不怕死无葬身之地吗？"

癞头被骂，气得跳起脚来，挥拳打向郜润德。郜润德轻轻躲闪，随即，一掌掴在癞头的脸上，癞头重重地摔了个狗吃屎。

这时，一个鬼子突然端着刀枪就刺了过来。郜润德移步躲闪，就绕到了那个鬼子的背后，接着，朝着他的脖子用力一捏，那个鬼子应声断气。

郜润德以迅雷不及掩耳之势，就杀死了一个鬼子。一众人，看得发呆。过了片刻，其他鬼子嚷嚷着，端着刺刀，一窝蜂似的涌过来。郜润德赤手空拳，左躲右闪，又打死三个鬼子。

这时，那个鬼子官见势不妙，举枪便打，一颗子弹正中郜润德腹部。其他鬼子趁机涌上，十余把刺刀刺进了郜润德的胸口。

郜润德倒地后，鬼子又在镇上放了一把大火，这才离开。

（十一）

乌黑的夜，飒飒的风，整个灵龙镇笼罩着血腥味。

刘文定站在牌坊底下，听着乡亲们的哀号声，陷入了极度悲伤。

无论穷与富，死人是必须入土的。第二天，刘文定自掏腰包，扯了几丈白布，吩咐乡亲们披麻戴孝，让故人安心入土。唯独报仇的事，刘文定只字未提，因为他自知没有这个本事。

郜润德的尸身，却被龙秋堂带回了栖霞观。采童道长也是悲痛不已。

人死不能复活，但活人还得过日子。不知不觉，一个月过去了。这一天，张彪急匆匆地找到刘文定说："刘老爷，听说，昨天一队鬼子在隔壁镇上糟蹋了几个姑娘。"

刘文定愤恨地说："听说了，那群畜生，什么事都做得出来。"

张彪擦擦脑门儿上的汗说："房子已经修好了，我和红草都想早点完婚，麻烦你，选个日子，给我们主持一下婚礼。"

刘文定说："只要红草同意，那敢情是好。这兵荒马乱的，完了婚，也了一桩事。"

张彪一脸憨笑地说："我问了红草，她同意。"

刘文定接着说："灵龙镇好久没有喜事了，有这桩喜事，也好冲冲晦气。今天我就选日子，抓紧把事办了。"

喜日定在了下月初六。这几天，刘文定、张彪、孟铁柱等一众人忙了起来，又是发请帖，又是买喜物。

当前的张彪已不是穷人，婚礼的场面不能太差，喜宴也不能太差。张彪买了两丈红布、五包红纸、十包喜糖，把洞房的里里外外布置得红红火火，又宰了两头肥猪、两头肥羊，准备了两样菜肴。

乡亲们听说有肉吃，个个都说与张彪和红草是亲朋，也都盼着这个好日子早点来。

日子终于到了。这一天，一大早，乡亲们喜气洋洋地涌到红草家，不断道喜。张彪咧着大嘴，脸上像开了花一样灿烂，不停地向乡亲们抛撒喜糖。

红草穿着大红衣，罩着红盖头，骑在一头披红挂彩的小毛驴上。这时，张彪也戴着大红花，一边牵毛驴，一边拱手道谢。

随着小毛驴脖子上的清脆铃铛声和一路的鞭炮声，红草到了张彪家。刘文定开始主持仪式，迈火盆、跨马鞍、传金袋、撒谷豆、拜天地、结银发、入洞房、掀盖头，一样也没少。

在一片欢声笑语中，张彪和红草完成了婚礼。接下来，开喜宴。

今天来的乡亲们着实不少，乌泱泱的一片人，外面的饭桌摆了三十多张。每张桌子上摆着一坛枣木杠子酒，两盆子菜，一盆是猪肉土豆，一盆是羊肉萝卜。同时，还摆着两箥子饭食，一箥子是玉米饼子，一箥子是高粱米饭。

乡亲们一拥而上，围着桌子，一边吃，一边笑。刘文定、张广财等几个人在堂屋坐下，喜气洋洋地喝起酒来。今天是张彪的大好日子，张彪一个挨一个地敬酒，不一会儿就喝得摇摇晃晃、脚跟不稳了。

正当大家酒足饭饱，笑声一浪高过一浪的时候，龙秋堂和祁福满头大汗，气喘吁吁地蹿进张彪的喜宴里。后面，追赶的枪声接二连三。

原来，郜润德死后，采童道长抚摸着他冰冷的尸体，回想起自己的师父郜老爷的嘱托，心里一阵阵愧疚。

采童道长虽然坚守不问国政、不碰刀枪，但是杀人之仇不得不报。这一天，他打发龙秋堂和祁福去县城，明面上是采买一些香烛供品，实则打探鬼子兵和癞头的消息。

两个人在回来的路上，转过一个山嘴儿，发现两个鬼子在路边的草丛里撒尿。龙秋堂使使眼色，低声说："这是两个落单的，干死他们，给郜润德师叔报仇。"祁福点点头。

两人纵身扑上去，三拳两脚就结果了两个鬼子的小命。两个人又拿了鬼子兵的枪弹，正得意扬扬地准备走开。不料，山嘴儿后面又出现了一队鬼子兵。

那队鬼子兵看见他们后，立即摆成战斗队形，开枪射击。龙秋堂和祁福也急忙还击。就这样，鬼子穷追不舍，龙秋堂和祁福边跑边打。

龙秋堂和祁福压根儿不知道张彪正在办喜宴，误打误撞，把鬼子引到了这里。

鬼子看见一群人，不管是谁，开枪便打。乡亲们在迷迷糊糊的醉酒中还没反应过来，早有一片人倒在了地上。

霎时间，乡亲们就像武火热锅里的黄豆，四处跳窜，连声叫喊。龙秋堂和祁福以桌椅板凳为掩体奋力射击，企图把鬼子堵在院子门口。没想到，几个鬼子推倒土墙，像放鞭炮似的，往院子里射击。

刘文定见状，抡起板凳，"砰""砰"几声，砸破所有窗户门子，指挥乡亲们躲进屋里，再从后面窗户跳出去逃走。可是，老人孩子动作缓慢，刘文定又搬起板凳，帮助老人孩子跳墙逃走。不料，远处射来一颗子弹正中胸怀，刘文定跟跄几步，倒在地上。

被这一阵枪声惊吓，张彪的酒早已醒了七分。他掏出腰里的盒子炮，冲到院子里，帮助龙秋堂和祁福射击鬼子。

有了张彪的帮助，一时间，被火力压制的鬼子冲不进院子门口。这时，龙秋堂顶着一张桌子，企图堵住土墙倒塌的豁口。

龙秋堂占据的位置十分有利，一方面可以向豁口射击，另一方面离洞房较近，可以掩护乡亲们转移。

战斗一直在持续，你来我往，空中飞过一连串子弹。土墙的豁口处，已有两个鬼子趴在那里不动了。龙秋堂还在瞄准射击，可是，那张桌子并不结实，一会儿，就被子弹打得千疮百孔。龙秋堂正准备撤向洞房，一颗子弹穿过桌子，结结实实地打在他的腿上，鲜血顿时流了出来。龙秋堂撕破裤子，扎紧伤口，正准备拼死一战，可是又没了子弹。

这时，祁福和张彪离着较远，密集的子弹像雨点一样落在地上，根本无法支援龙秋堂。一个鬼子趁机从土墙的豁口处，纵身跃到龙秋堂身边，举起刺刀就要往下戳。

正在这千钧一发的时刻，红草抱着一坛子酒从洞房里冲出来，猛地砸向那个鬼子兵的头部，哗啦啦的酒水从鬼子兵的衣领上流下来。鬼子骂了一句"八嘎"，转过身，就把一把冰冷的刺刀刺进了红草的胸膛。

龙秋堂大喊一声："红草……"

同时，他急忙掏出火镰扔向那个鬼子。那个鬼子像火球一样烧起来，并鬼哭狼嚎一般向外跑去。

龙秋堂向前爬两步，抱起一身红衣和一身鲜血的红草。红草含着两滴泪，轻声叫了一声"龙哥"。龙秋堂痛哭失声。

这时，张彪看到红草倒地后，撕心裂肺地喊了一声"红草"。然后，纵身跃起来，一边向外打枪，一边向红草这边跑。不料，墙外几声枪响，张彪应声倒地。倒在地上的张彪满脸是土，一边嘴里叨念着红草，一边艰难地向这边爬。红草也从龙秋堂怀里滚下来，一边叫着"彪哥"，一边向那边爬。不过，没有爬几步，两个人一头栽进了土里，没了气息。

能战斗的也只有祁福了。他本想与鬼子拼死一搏，同归于尽。正当这时，鬼子的背后，噼里啪啦地响起枪声来。

一群人穿着土黄军装，打着绑腿，身形灵活，枪法极准。不难看出，这群人战斗经验丰富，一涌上来，就把鬼子包围了，几个回合下来，就把小鬼子全部消灭了。

这群人走进院子里，一边救助乡亲们，一边清理战场。张广财从一个黑黢黢的炕洞里爬出来，颤颤巍巍地向为首的军爷道谢。

原来，为首的"军爷"正是宋义和张明佳。

（十二）

当年，由于张明佳导致张广财一家人差点儿丢了性命，张广财恨赵团长、恨郭鬼子，也恨张明佳。他认为这个姑娘就是个"祸星"，本打算把她圈在家里，找个穷光棍，嫁人了事。

没想到，张明佳趁着一家人不注意，星夜逃走。如今，带着队伍回来，救了乡亲们的性命，成了全镇的大英雄。

张广财拉着张明佳的手，嘘寒问暖。

张明佳说："爹，你应该好好感谢宋队长，是他救了乡亲们的命。"

张广财拱手作揖，感谢宋队长。但是不免有些尴尬。当年，宋义从东北逃荒，路经灵龙镇，没了吃食，犯下难处，张广财愣是没借给他一粒粮食。

宋义却没放在心上，与张广财寒暄几句后，一边指挥清理现场，一边派出哨岗。

龙灵镇又一次陷入哀痛之中。漆黑的夜里，家家户户在门口贴上白纸，呜咽的哭泣声就像香脂河里荡漾的涟漪，一层一层弥漫在镇子的上空。

张彪和红草本是大喜之日，却双双归西。孟铁柱悲痛得像失了魂魄。刘文定下葬之日，全镇人披麻戴孝，没有一个不伤心流泪的。

但是伤痛归伤痛，逝者已去，活人还得往下走。

当前的灵龙镇，刘文定、郜润德已死，能挑起镇上大事的人，也只有张广财了。几个老人祈求张广财："张老爷，想个法子吧，灵龙镇不能再死人了！"

张广财心里很清楚，鬼子死了七八个人，这群畜生哪是吃亏的主儿，他们一定会来报复的。说不定，灵龙镇明天就有灭顶之灾。可是，眼下有什么法子呢？灵龙镇没有枪，也没有会打枪的人。张广财转转眼珠子，想到了张明佳。

晚上，他把张明佳请回家，热情地说："孩子，这些年，你去了哪里？一点音信也没有。爹娘天天想着你。"

张明佳心里很高兴，虽说爹娘在山洞住了这么多年，但是身体硬朗，精神很好。她拉着娘的手说："娘，是女儿不孝，这些年，你受了不少苦，头发都白了。"

张广财趁机说："能不白吗？住在这潮湿的山洞里，缺吃少穿的，还没日没夜地操劳。"

张明佳说："爹，你们可以搬回咱们家住了。当年的老宅子抵了钱，给了郭青圭。可是，现在的郭青圭成了汉奸，汉奸的家产是可以没收的。"

张广财一脸委屈地说："姑娘，你是站着说话不腰疼。我哪敢搬回去住呀？虽说郭鬼子当了汉奸，人人得而诛之，但是他手里有人有枪。若是被他知道我们搬回去住了，还不把我和你娘剁成十八段儿？……若想让我和你娘搬回去住，除非……除非你带着队伍留下来。"

张明佳猛然听到这席话，一时不知怎么回话。

张广财继续说："姑娘，你们还是留下吧。我和你娘岁数大了，跑不动了，若是鬼子再来，我们只有被宰割的份儿了。"

张明佳还是没答话。因为八路军是有组织、有纪律的。

此次，她和宋义带着队伍，也只是路过灵龙镇。当年，张明佳从家里逃走后，一直在保定府做地下工作。前段时间，宋义冒着生命危险到保定府接她，是受党组织派遣，两人要到浑遁县共同执行一项特殊任务。不巧的是，在灵龙镇遇上了这档子事。

张广财见张明佳有些为难，故意捂着脸，掉起泪来。

张明佳看着爹爹老泪纵横，一时没了主意。她找到宋义商量对策。没想到，一群乡亲也正围着宋义，恳求他留下来。

宋义心里也明白，鬼子一定不会善罢甘休。但是自己有任务在身，不能在这耽搁太久，可又不能眼睁睁地看着乡亲们被屠杀。哪有两全其美的法子啊？

张明佳建议请示上级党组织。宋义急忙挑灯写请示，天不亮，就派出了交通联络员。

一天后，上级作出答复：同意宋义和张明佳带着队伍留下来，就地开辟抗日根据地。同时，组织上还特意嘱咐：打鬼子，保护乡亲们是八路军的职责。浑遁县的任务不必惦念，另派他人执行。

听到这个消息后，灵龙镇突然多了几分生气，乡亲们惨白惨白的脸上露出了几丝暖意。

可是，宋义却挠起头来。一者，两天过去了，县城的鬼子没有任何动静，越是没有动静，越觉得可怕。二者，自己手下就二十多杆枪，对付小股鬼子还可以，若是鬼子大规模行动，怎么对付？

这一天，宋义和张明佳正在研究地图。突然，门口报告，来了三位乡亲。

宋义和张明佳急忙开门迎接。

只见采童道长、张广财、祁福走了进来。

原来，得知宋义留下来保护乡亲们的消息后，张广财还是不放心。他琢磨着，宋义人生地不熟，张明佳又是一个姑娘，况且两个人的手下也没多少兵，能对付多少鬼子？所以，一大早，他就去了栖霞观，央求采童道长出山，助他们一臂之力。

自从鄩润德被鬼子打死后，采童道长的思想已有转变。这次，灵龙镇又遭大难，死了不少人，还把龙秋堂打伤了。采童道长已彻底看清了鬼子的残暴，所以他决定放下誓言，协助宋义和张明佳打鬼子，为师弟鄩润德和乡亲们报仇。

双方坐定后，张广财对张明佳说："姑娘，我给你们请来了助手。"随后，他滔滔不绝地讲起了当年采童道长在北京打洋鬼子的英雄故事。

采童道长笑着说："都是一些陈芝麻烂谷子的事，不值一提。可叹的是老夫这辈子和鬼离不开了，年轻的时候在北京打西洋鬼子，如今老了却要在灵龙镇打东洋鬼子。"

张广财笑着说："你是天上的神仙，捉鬼是你的职责。"几个人听后爽朗一笑。

采童道长说："听说，宋队长为了保护乡亲们，愿意留下来打鬼子，真是义薄云天，贫道敬佩。但不知怎么个打法。"

宋义说："这些都是我们应该做的。当前，我和明佳正在研究地图，做好乡亲们向灵龙山撤退的方案。"

采童道长捋捋胡子说："兵者有云：'守则不足，攻则有余。'有退路是条好计策。然而，退是为了攻，攻是为了给乡亲们报仇。不知攻之策，宋队长想好了没有？"

宋义挠挠头，没说话。

采童道长缓缓地说："眼下形势，贫道有一席话，说与大家参详：一者探听消息。知己知彼，百战不殆，久无县城鬼子的消息，不是一件让人放心的事，所以要抓紧派人打探鬼子的动向。二者笼络义士。赵团长从县城逃出来后上了馒头山。听说，他已经把山上的土匪收编了，并打出了抗日义旗。虽说赵团长与灵龙镇，特别是与张广财老爷有些宿怨积恨，但是在大义面前，双方应该摒弃前嫌，一同抗敌。所以，请宋队长联络此人。三者训练民兵。把镇上的青壮汉子组织起来，抓紧训练自己的队伍。"

众人听后，觉得采童道长的想法思路清晰、措施得当，纷纷表示赞同。只有张广财心中闷闷不乐。因为一方面他的私恨还不能放下，另一方面，他觉得赵团长就是个兵痞，欺压百姓的本事有，打鬼子的真心未必有。

第二天，按照采童道长的想法，大家分头实施。祁福带了两个人去县城打探消息。本打算，宋义亲自上馒头山说服赵团长一同抗日，让张明佳留下来组织训练队伍。但是张明佳思来想去，觉得"解铃还须系铃人"。她与赵团长的个人恩怨，也只有他们两个单独解决为好。所以，一清早，她就上了馒头山。

众人一听，张明佳单枪匹马上了馒头山，甚是惊骇。采童道长急忙手书一封信函，派人送上山去。

（十三）

　　初冬的灵龙镇已有几分凉意。北风吹来，树叶飘落，山河大地一片萧然。然而，香脂河边却热气腾腾、杀声震天。这正是宋义组织的 100 多名民兵，在这里操练。他们有的拿着大刀，有的拿着长矛，还有的拿着斧头、长棍……

　　"为了保护自己的家人，也为了给死去的乡亲们报仇，大家都很卖力。"宋义向在一边观看的采童道长说。

　　采童道长却悠悠地说："士势不错，架势也对，但是手里的家伙什儿不济。降龙要用降龙杖、打狗要用打狗棒。对付这群鬼子，刀剑要得再精妙，恐怕也是小卒子过河——有去无回。"

　　宋义习惯性地挠挠头，他心里明白采童道长的意思。但是，眼下从哪里弄枪呢？队伍也只能慢慢地发展，以后有了机会，消灭一个鬼子，就会搞到一支枪，消灭两个，就会搞到一双，久而久之，大家都会有枪。

　　采童道长拂袖而去。

　　傍晚时分，祁福从县城回来，向宋义报告了消息。宋义点上灯，召集采童道长和张广财一起商量对策。

　　张广财问："怎么这么久，去了两天才回来？"

祁福说："县城戒备很严，搞点消息很困难。"

张广财问："打探到消息了吗？"

祁福说："打探到了。听说，小鬼子要打太原城。从县城调走了许多鬼子兵。当前，驻扎在县城的小鬼子只有一个小队的兵力，另外还有郭青圭带领的'二狗子'300多人。"

张广财又问："向谁打听的？消息可靠吗？"

祁福说："八九不离十，应该可靠。我们装扮成买卖人，打听了几家商户，大家都是这么说。昨天晚上，我们还撬开歪眼的家门。他也这么说。"

张广哼了一声："歪眼的话也能信？"

祁福辩解道："应该是真的。歪眼虽然还穿着那身'狗皮'，但是他娶了一房老婆，而且怀孕了。他说：'为了给老婆孩子积点儿福，早不愿跟着郭青圭干那些伤天害理的事儿了。'"

这时，宋义稳稳地说："消息应该是真的。昨天，有同志送来情报。县城的鬼子忙着调往太原，无暇顾及灵龙镇。"

既然如此，那么灵龙镇暂时就是安全的。张广财长舒一口气，又问宋义："明佳这丫头，怎么还不回来？莫不是被那姓赵的祸害了？"

一直没说话的采童道长捻着胡须说："不会的，我已去了书信……"

话还没说完，有人报告："张指导员回来了，还带着一个人。"

一众人急忙出门相迎。只见张明佳领着赵团长走进来。

赵团长走到采童道长面前，扑通一声跪下来，施了大礼。一众人看在眼里，很是惊讶。

采童道长说："多年不见，当上团长了，威风了不少。"

赵团长羞愧一笑："世道坏乱，找条活路而已，辜负了师父的教养，真是惭愧。"

众人听着赵团长称呼采童道长为"师父"，更是惊讶。

采童道长笑着说："我教过他八卦拳。"

原来，赵团长的父亲是有名的义士，与采童道长是师兄弟，日常习练八卦拳。庚子那年，与采童道长一起打洋鬼子，不料，战死在北京。

父死天塌，百事衰败。一群像赵团长这样的义士之后，无依无靠，日子过得艰难。

当年，采童道长和龙大轩在灵龙镇安顿好郜润德之后，便四方行走，寻找这群义士之后，一方面在生活上给些钱财，免于饥寒；另一方面教习八卦拳，免遭他人欺凌。赵团长便是其中的一个。所以，有采童道长的书信，张明佳单枪匹马上馒头山，联合赵团长一同抗日，事办得很顺利，没遇一点儿阻力。

赵团长向采童道长行完礼后，又向张广财行礼，表示歉意。

张广财面无表情，哼了一声。张明佳急忙说："爹，过去的事，就让他过去吧。在民族危亡时刻，一切以大局为重，个人恩怨放下吧。"

这时，宋义走向前去，紧紧地握住赵团长的手，热情地说："欢迎，欢迎，欢迎加入队伍。小鬼子们杀人放火，太可恨了，让咱们联手，一起打鬼子。"

赵团长使劲点点头。随后，他向大家汇报了馒头山的情况。在馒头山上，一共有50多人，50多杆枪。原来的"土匪"，都被收编了。说他们是"土匪"，其实都是不愿与官府同流合污的国军。这些人都是老兵，个个骁勇善战、经验丰富，而且都愿意跟着八路军打鬼子。

宋义听后，大为振奋，喜形于色地说："有赵团长的加入，咱们一定能够打败鬼子，一定能为乡亲们报仇。"他又转过身，对大家说："趁着人齐，今夜咱们合计合计，如何打鬼子？"

随后，宋义吩咐煮了一盔子花生，拨亮油灯。

寂静的夜里，一众人围着油灯，一边剥花生吃，一边计议起来。

宋义开宗明义地说："眼下，咱们的队伍有170多人，人数已不少，但是战斗力还未形成，关键是大部分人手里没枪，而且没有作战经验。这是个不小的难题。面对装备精良的小鬼子和'二狗子'，恐怕还不能主动出战。"

张明佳也说："不错，最关键的是没有枪。若是每人有把枪，实弹训练一段时间，作战水平一定会提高。"

祁福说："当前，天寒地冻，衣着宽大，翻山越岭，多有不便。不如训练队伍，明年开春再战。"

采童道长打断他的话："打仗不是种地，等什么春天？古人云：机不可失，时不再来。当前，大股鬼子调往太原，县城相对空虚，这是难得的好机遇。若不寻找战机，为乡亲们报仇，以后哪里还有机会？万一大批的小鬼子回驻县城，甭说170多人的队伍，就是

1700多人的队伍，也不一定打赢了他们。"

众人听后，面面相觑，不知如何搭话。张广财打破寂静，说："谁都想早点给乡亲们报仇，可是到哪里搞到枪呢？总不能赤手空拳地跟小鬼子干仗吧？"

采童道长说："天下之大，到处都在打仗。打仗的地方就有枪，想办法搞一些。"

一直没说话的赵团长，缓缓地说："这倒是个法子。听说，小鬼子已经占领了保城。在那些地方都组建了伪军。这些伪军，有的并不心甘情愿给小鬼子卖命。他们时常向外倒腾军火，流向黑市。咱们也许能够买一些回来。"

宋义说："有这个门路，那敢情好。"

赵团长说："我有两个战友在保城的伪军里当队长。这两个战友都是一个班里混出来的好兄弟。"随后，他从怀里掏出一个布包，打开后是几根黄金。他继续说："这是我所有的家当。上次，砸了郭青圭的当铺，所得的钱，还有馒头山弟兄们的钱，都在这里。当前，馒头山上的枪支有一些陈旧，本打算这几天潜到保城买一批新的回来，可是还没成行，就先来了这里。"

采童道长指着这几根金条说："能买多少条枪？"

赵团长说："当前，到处都在打仗，枪支弹药是紧俏货。这些钱也就买30多条枪，外加几箱子弹。"

采童道长说："那就多凑些钱，多买一些回来。"

可是谁有钱呢？

宋义和张明佳摸遍全身，每人也就十几块大洋。祁福从怀里掏出了五块大洋。张广财低着头嘟囔一句："我没钱，一分也没有。"

没钱，买什么枪？大家一时沉默。油灯上冒出的火苗，一蹿一蹿的，灯芯里时而还迸出几声"叭叭"的脆响。

张广财打个哈欠说："既然仗要打，枪就要买。买枪，就要凑钱。明天让乡亲们凑吧，每家每户拿出几个大洋来。"

宋义和张明佳均不同意。原因是八路军的队伍有纪律，群众的日子本来就不富裕，不能给群众增加负担。

这时，采童道长沉吟半天，然后，轻轻地说："我还有一些黄金，全部交给赵团长，一并拿去买枪吧。"

大家把所有的目光都聚到采童道长身上，不知这个干瘦老头子到底还有多少秘密。

采童道长笑一笑，慢慢地说："这钱应该是郜润德师弟的。如今，他被小鬼子打死了，也只好用他的钱为他报仇了。"随后，采童道长缓缓地讲述了这些钱的来历。

空旷寂静的灵龙镇，豆大的灯光下，那段长空澹澹、马嘶萧萧的历史故事似乎在漆黑的夜里重新上演。

庚子那年，郜润德的父亲郜老爷带领一千多人进京护国，几场仗打下来，损失惨重。一天傍晚，队伍将要撤退的时候，看见十余个洋鬼子冲进了清廷一个王爷的府邸。随后，王府里腾起滚滚浓烟，一股浓烈的血腥味从王府里飘出来。

不一会儿，那群洋鬼子搬着一个硕大铜箱子走了出来。有哨兵报告："洋鬼子奸淫掳掠、无恶不作，那箱子里装的是王府的格格，准备抬回去消遣。"

郜老爷随即下令，赶快救人。采童、龙大轩等几个人，挥舞着大刀就冲了上去。一阵厮杀之后，采童、龙大轩把箱子抢了过来。

待到打开箱子一看，不是格格，全是金银财宝。

郜老爷吩咐，既然是天降之财，那就带着走吧。就这样，这箱子金银财宝跟着队伍一起向南撤。

撤到永清县，郜老爷在临终的时候对这些钱财也作了安排。他说："那些死难的弟兄是为国而死，但是国家不仅不给抚恤，还被扣上反贼的罪名，真是悲痛啊！那些死难的弟兄都是家里的顶梁柱，家里没了顶梁柱，父母妻儿的日子一定很艰难。谁家日子过不下去了，这些钱就救济谁家吧。"

此后，采童、龙大轩带着郜润德和这箱子钱财来到了灵龙镇。这么多钱财放在家里，难免不遭人觊觎，很不安全。所以，两人在人不知鬼不觉的黑夜里，把这箱子钱财埋到了王家坟。

采童和龙大轩两人商量，一个人管钥匙，一个人管账目，定期打开箱子，取出一些钱财资助像赵团长这样的义士之后。多年下来，这些义士之后已长大成人，不需要再资助，但是箱子里还剩余部分黄金。本打算把剩余的黄金交给郜润德，可他却早早地死于非命。

（十四）

龙秋堂的腿伤已无大碍。这段时间，他满门心思盘算两件事。第一件是祭奠张彪、红草和刘文定，若不是自己把鬼子引到灵龙镇，或许他们不会死。他心里充满了悔恨。第二件是寻赵团长报仇，自己的老爹就是被赵团长的手下打死的。这个仇还未报，他心里充满了仇恨。

第一件事好办，第二件事难办。原因是赵团长已经带着人潜伏到保城购买枪支弹药去了，不在馒头山。更大的阻力是张明佳看穿了他的心思。

一连几天，张明佳给他做思想工作，并告诫他，若想加入八路军，首先把旧怨私仇放下，当前最重要的是团结一切可以团结的力量打鬼子。若是在这个节骨眼儿上惹是生非，便永远加入不了八路军。

龙秋堂思前想后、左右为难，心里痛苦，又无人诉说，只好趴在红草的坟墓上大哭一场。为父亲报仇的事，他只好先放一放。

这几天，采童道长带着宋义在灵龙山上走来走去，不知情的人以为他们在"游山玩水"。其实，他们在察看地形，商议打鬼子的策略。

宋义说："以当前的实力，我们不能主动攻打县城。"

采童道长说："兵者，诡道也。敌强我弱，只能用计。我们不能去，他们却可以出来。"

宋义问："如何把他们调出县城？"

采童道长说："两个字，一个字是利，因为利令智昏；一个字是怒，因为怒失心智。"

就这样，两个人，你一言，我一句，如此这般地探讨了一整天。

最后，两人定下计策。宋义嘱咐说："此事还需保密。"

采童道长说："那是自然。'几事不密则害成'。此计你我二人知道即可，无须告诉第三人。"

又过了几天后，天气突然变冷，一股股强劲的北风像刀子一般吹来，山川冱寒，滴水成冰。宋义觉得时机已到，马上派出了三支队伍。一支由龙秋堂、祁福、孟铁柱带队，砸了郭青圭的粮店、烧了他的老宅，并把消息传给歪眼；一支由张明佳、采童道长、张广财带队，把镇上的老幼和粮食秘密转移到栖霞洞；一支由自己和赵团长带队，在王家坟"打一仗"。

宋义带着队伍在王家坟的西边放了一阵鞭炮，赵团长带着馒头山上的队伍在王家坟东边放了一阵鞭炮，并杀声震天地大喊一通。之后，赵团长只身一人，衣衫褴褛，满脸污垢地跑到县城。

他跪在郭青圭面前，一把鼻涕一把泪地哀求道："郭兄，你大人不计小人过，可怜可怜兄弟，收留我吧。"

郭青圭坐在太师椅上，喝着茶，慢条斯理地问："你怎么又回来了？"

赵团长说："郭兄，我这个人，你是知道的，半辈子逍遥惯了，当初离开你，只是不愿受日本人管束。现如今，遭了大难，无路可去，只好投奔你了。还请兄弟不嫌弃，收留了我。"

郭青圭没有吭声。

赵团长抬头看看他傲慢的眼色，站起身来笑一笑说："郭兄弟，我明白，江湖事按江湖的规矩办。我来，不会白来，我带着'投名状'。"

赵团长又继续说："我在馒头山上得到确切消息，灵龙镇的王家坟埋着一大箱子金银财宝，而且我还知道具体位置。我带着弟兄们去挖宝贝，然而，事不机密，一群土八路也盯上了这箱子宝贝。由于寡不敌众，才落得如此地步。若是郭兄带着人挖了这箱子宝贝，在将来，日本人也好，国民党也好，无论谁坐天下，弟兄们都会吃喝不愁。"

郭青圭一听金银财宝，眼睛里放出几丝明光，挠挠光头说："此话当真？"

赵团长掀起衣服说："我还能骗你？看看这伤，就是刚刚跟土八路干仗留下的。"

正在这时，有士兵报告："在县城西北灵龙镇方向，发生一场枪斗，初步判断是土匪火并。"

有了这个报告，郭青圭似乎相信了赵团长的话，笑着说："既然这样，赵兄就先留下吧。"

赵团长走出门，临走前，还补了一句："宜早不宜迟，那宝贝别让土八路挖了去。"

郭青圭正琢磨这件事儿，歪眼风风火火地跑进来："老爷，大事不好了，灵龙镇上的老宅子和粮店都被土八路抢了，还放了一把大火，烧了个干干净净。我们的退路被断了。"

郭青圭一听，暴跳如雷，用拳头狠狠地捶桌子，然后咬牙切齿地说："欺人太甚，这是太岁头上动土，活得不耐烦了。"

第二天，郭青圭向驻扎在县城的日本军小队长报告后，带着赵团长、癞头、歪眼和一大队人马，浩浩荡荡地杀向灵龙镇。当然，一方面是为了报烧宅之仇，另一方面是为了挖金银财宝，所以锄头、铁锹也带了不少。

走到半路，歪眼从马背上跌了下来。郭青圭问："怎么回事？"歪眼说："我的眼歪得厉害，看不清路。刚才，摔伤了腿，恐怕去不成灵龙镇了。"郭青圭说："那就不用去了，两只眼歪到了后背上，能打枪吗？去了也是白搭，回去养伤吧。"于是，歪眼折返回了县城。

郭青圭带着人马，一头扎进了王家坟。谁料，这里早已做好准备。昨天晚上，宋义命人把香脂河的河水灌到王家坟。地面上早已冻了一层厚厚的冰。为了掩盖冰面，今天早上，宋义又命人在上面铺了一层薄薄的干草。

郭青圭的人马一踏上冰面，一步三滑，根本站不稳。正觉得不对劲的时候，在王家坟的四面，响起了枪声。原来宋义、孟铁柱等人带着队伍早已在此埋伏多时。

郭青圭大呼："中了埋伏，赶紧撤退。"可是哪能轻易撤出来。地面上白光光一片，跟镜子似的。四面的子弹又像雨点似的落下来。那群"二狗子"简直成了活靶子，一片一片地倒下。此时的王家坟，人喊马叫，乱成一团。

赵团长趁机拔枪射向郭青圭。不料，郭青圭把头一扭，没打中要害，只打掉了一只耳朵。郭青圭从马背上滚下来，抱着脑袋躲在癞头的身后。癞头急忙拔枪回击，这一枪正中赵团长胸怀。赵团长一头栽倒在血泊中，再也没有站起来。

气急败坏的郭青圭抱着脑袋，左冲右突，无法撤出去。索性，他强忍着疼痛，又组织人员还击。

小鬼子的武器精良，不仅有机枪，还有两门迫击炮。郭青圭命令小鬼子开炮，杀出一条逃跑的血路。但是在这光溜溜的冰面上，人都站不稳，炮架子哪能支得稳？那队小鬼子只是胡乱地轰炸。一时间，王家坟上炮声隆隆，硝烟滚滚。

在栖霞洞，一众乡亲蹲在那里，屏着呼吸，侧着耳朵，听着外面的枪炮声和喊杀声，心里一阵阵颤抖，脸色一片片灰白。因为他们自己的儿子或丈夫或父亲，正在外面与小鬼子拼命。

静静的时光在幽暗的山洞里，似乎能看到它缓缓流淌的影子。

采童道长为了安慰大家，关上洞门，坐在一块大石头上，轻轻地说："乡亲们，不要害怕。咱们要相信前面的战事一会儿就结束，而且一定会顺利的，因为宋队长他们做了充分准备。趁着这段时光，我给大家讲个故事，如何？"

张广财带头说："老道长，讲吧，我们都听着呢。"

采童道长缓缓地说："这个洞叫栖霞洞，不知是何年月所成。洞内有几块光滑的岩壁，岩壁上刻有文字。这些文字不知是何年月所刻，也不知是何人所刻。有些文字记载的是辟谷、行气等道家修炼的方法，有些文字记载的是这里的风物人情。其中，有一则记载了灵龙镇的故事。我讲给大家听听。话说许久年前，这里不叫灵龙镇，而叫王家庄。王家庄的王老太爷拥有这里的所有土地。这里的土地平整而肥沃。乡亲们租种王老太爷的土地，每年交一份租粮。家家户户日子殷实。人，总是依食而住，哪里能果腹，就定居哪里；食，总是依土而生，哪里土地肥沃，哪里就产粮食。所以，一些人不远百里，移居到这里。王家庄也就越来越大。然而，有一年，一座大山突然从天而降，占去了大片良田。虽然占去了大片良田，但是，不多久，山的头部涌出了一股清泉。而恰恰这时，王氏家族人丁兴旺。这些富豪子孙成天游手好闲，不事稼穑，王氏家族开销日大。为了弥补亏空，不得不加重地租。一些人在这里无法吃饱穿暖，便纷纷另迁他地。从此，王家庄也就越来越小。不知过了多少年，有一股异族入侵。王氏后人为了保护脚下的这片安身立命的土地，组织乡亲们抵抗，战争打得非常惨烈，王氏家族还是被灭门，那股异族也所剩无几。这场战事过后，大地一片荒芜。一部分活下来的老幼乡亲纷纷迁走。临走前，收殓了横卧在大地上的所有尸骨，全部葬在了王家坟。此后，又不知过了多少年，这片土地才恢复生机。张氏家族，也即是张广财的祖先搬到这里定居，随后，刘氏、孟氏等一些家族陆续搬迁而来。大家商议，这片土地取名为灵龙镇……"

洞内，采童道长的故事，把乡亲们带到一个天高地阔、年深日久的世界；而洞外，依旧是炮火响彻天、枪声密如雨。

郭青圭带着癞头，好不容易在西南打开了一个突破口，仓皇逃窜。一群残兵剩勇一口气就跑到了红石岗。红石岗有一条山沟，沟的尽头，是一个隘口。这也是通往县城最近的路。

郭青圭正要歇歇脚，喘口气，有人来报，前面隘口堆满了干柴。郭青圭料想："此地大凶，又中了埋伏，赶紧撤走。"可是，还没撤出来，前面隘口处，熊熊大火已经燃起。两边的山岗上，"噼里啪啦"地响起枪声。原来，张明佳、龙秋堂早已在此等候多时。

前面有大火，两边有埋伏，后面有追兵，郭青圭几乎陷于绝境。那群残兵死的死、降的降、逃的逃，哪里还顾得上长官的死活？

郭青圭瘫坐在地上，欲要等死。这时，癞头把大衣摊在地上，撒上一泡尿，又裹在郭青圭的头上，背起郭青圭就冲进了大火。

冲出大火后，癞头已经被烧得面目全非、奄奄一息。郭青圭顾不上救癞头，撒腿往县城跑。跑到县城的城墙脚下，大呼："开门……"

没想到，祁福、歪眼站在城上，笑呵呵地喊道："郭爷，我们已等候多时了。"

原来，当初歪眼是故意摔下马的。他折返县城后，祁福早已带着一队人马潜伏在县城了。两人发动"兵变"，趁其不备，杀死了所有的小鬼子以及不投降的"二狗子"。县城已被两人控制。

这时，从大火中逃出来的"二狗子"陆续赶到，也就十多人。其中还有一个骑马的。狼狈不堪的郭青圭，向前，不能进县城；向后，宋义、张明佳、龙秋堂带着队伍紧追不舍、喊杀震天。

进退两难的郭青圭把那个骑马的"二狗子"推下马背，然后翻身上马，独自向西北方向逃跑了。

这一仗，宋义巧用连环计，消灭了一个小队的鬼子和几百个"二狗子"，大获全胜，为乡亲们报了仇。

仗打胜了，自然要庆祝。张广财带着灵龙镇上的男女老少们点燃篝火，摆上宴酒，载歌载舞。

唯独采童道长看着乡亲们边唱边喝的身影，眉宇间流露出一丝忧虑。张广财问他："还有什么心事？"他说："王家坟一战，几枚炮弹打中了灵龙山的头部，山石崩裂一地，这影响灵龙镇的水脉。"

喝得醉醺醺的张广财笑着说："崩塌便崩塌吧，有什么可大惊小怪的？"

果不其然，不多久，灵龙山的那股清泉不再涌出，香脂河也慢慢地断流了。

（十五）

没有香脂河的乡亲们，开始凿井取水，生活一如往日。

三十年后，国家搞水利建设，在灵龙镇的南面筑坝蓄水。灵龙山和灵龙镇便淹没在一片汪洋中。按照政策，乡亲们投亲靠友、招工安置，有搬迁西北和东南的，也有搬迁东北和西南的，天各一方，各自安住。

前些年，在水库上，偶尔还会看到一叶小舟漂流其上，站着几位皓首沧桑的老人，不时地指指点点，这片水下面应该是张广财老爷的宅子，这片水下面应该是刘文定老爷的宅子，这片水下面应该是郜润德老爷的宅子，那片水下面应该是王家坟，那片水下面应该是红石岗，那片水下面应该是香脂河桥……

现如今，只剩下微波荡漾的水天一色。

谁的钱

（一）

　　村口流淌着一条弯弯的小河，浅浅的河水，白白的河沙。马婶和几个妇女坐在大杨树底下，把脚泡在凉凉的河水里，东拉西扯聊闲天儿，还不时地朝我指指点点。我就在小河的对面。河边的几棚菜是我种的，菜边的小商店也是我开的。

　　我坐在店里，伸长了耳朵，隐隐约约听见她们议论："村里某某是个傻子，没出息，一辈子娶不上媳妇……"虽然我不傻，但我猜测，她们免不了议论我。因为我还没娶上媳妇。人快四十了，还是光棍一条。不是不想娶，关键是没钱。这年头，结婚的花费涨了又涨，盖新房、买新车、送彩礼、办喜酒，没有几十万元，媳妇过不了门。我的全部营生就是这几棚菜，每年换不来几个钱，拿什么娶媳妇？

远处的山，近处的河，我长吁短叹。本想闭上门，不理她们，可是总觉得心神不宁。我仿佛看见马婶指着我的鼻子嘲笑我。她这个人呀，不知为什么，好像总是跟我过不去，自从我回了村里讨生活，她逢人便说："刘二这小子，大学白念了，城里混不下去，回来种菜了，真是没出息……"久而久之，"没出息"三个字，好像是一顶帽子，我走哪儿都戴着。怪不得没人给我介绍媳妇，都怨马婶这个长舌妇。

有时候，我会把眼珠子瞪圆，狠狠地剜她一眼，小声嘟囔："回农村，没出息，还不是你儿子没良心。"她的儿子叫马文。虽然我们是撒尿和泥、光腚摸鱼，一块儿长大的好兄弟。但是六年前，正是因为他，我才辞了工作，回了农村。

当时，我们同在 B 城市的一家科技公司工作。公司创始人杨总赏识我，破格提拔我为企业发展部主任。企业发展部是一个让人垂涎的部门，直接听杨总使唤，协调公司各个部门，执掌公司发展大权。我不清楚杨总为何会选中我，但是天上掉馅饼，不吃遭"雷劈"。我坐在这个位置上，人模狗样，兴奋得好像胸膛里长出了一朵鲜花，看谁都是好人，见谁都是笑脸。但是没多久，马文即来找我。作为兄弟，他一定是来祝贺的。请他吃饭的钱，我都准备好了。可是，马文阴着脸，让我主动辞职。我问他："为什么？"他说一句："相信我！"之后便沉默不语。多年的好兄弟，他不想说，我就不再问。他清澈的眼神，充满了万般的无奈。我猜测，他一定遇到了棘手的难事，否则，不会拿我的工作当儿戏。

我和马文一块儿读书，一块儿工作，自小到大，从来没有分开过，对他的信赖就像相信我自己的眼睛。看着他为难的样子，我慢慢地脱下了工作服，悄悄地离开了公司。正式离职那天，我摆下一桌酒菜，等着他为我送行。其实，在我心里，送不送不重要，重要的是弄明白为什么让我辞职。但是，漫漫长夜，只有一起走过的回忆，伴我到天亮。我感慨万千，还是原来的兄弟吗？我抬头望望那片森林一样的高楼、繁星一样的灯火，挤出两滴眼泪，拧下一把鼻涕，重重地甩给这座印有我们兄弟脚印的城市，径直回了农村……这些事，我从来没向马婶提起过，也不想让她知道。

小河边，微风吹来，绿荫婆娑，马婶她们还在东拉西扯，没完没了，一点儿"走"的意思也没有。我得想个办法把她们赶走，耳不闻、心不烦，安安静静地让我发会儿呆。可是拿什么把她们赶走呢？蔬菜棚里不是还有剩余的牛粪吗？

在小河上游的拐角处，我倒进半筐牛粪，看着被河水浸泡、膨胀、稀释而悠悠冲走的牛粪汤子，我心中有一丝说不出的快感……闻到臭味，难道她们还不走？

"刘二——"马婶扯着破锣嗓子大喊一声，把我吓出一身冷汗，"给老子摘个西瓜来，挑大个的、甜的。"我以为马婶发现了牛粪，要揍我，原来不是，她只是想吃个西瓜。说起西瓜来，我就一肚子气，马婶这个人，吃着我的瓜，说着我的坏话，关键还不给钱，每次总说："你小子，脑袋是榆木疙瘩造的，老子吃个瓜，还要钱？都记账上吧，哪天我给你介绍个小媳妇抵账。"媳妇，我至今还没娶上，西瓜却被她吃了一个又一个。

我故意摘了个生瓜蛋子送给她，悄悄地向河里瞟一眼河水变没。

"刘二，菜卖得咋样？有姑娘嫁你，有钱娶吗？"马婶问我。

我心不在焉地点点头。

"乔婶家的大姑娘乔云，认识吗？"

我又点点头。一个村的，能不认识吗？比我小十岁，长得挺俊。

"她怀孕了，你知道吗？"

我点点头，又急忙摇摇头。这关我什么事？又不是我干的。

"这孩子真是傻，离了婚，才知道怀了孕。哪有大姑娘把孩子生在娘家的？乔婶急得直哭，拜托我赶紧给她找个人家。"马婶望着我，又像是自言自语："没什么条件，能当爹就行。因为肚子不等人，一天比一天大……"

我不知道这"葫芦里卖的什么药"，不想贸然接话。那群妇女接上话茬儿，七嘴八舌地说："刘二，你傻呀？还不赶紧谢谢马婶，她这是给你介绍媳妇呢。刚才，村里的光棍儿，我们都琢磨了一遍，这当爹的人呀，你最合适……"

"当爹？谁的爹？乔云的？"事儿来得突然，我脑子一时没转过弯儿。

"榆木疙瘩脑袋！"马婶瞪我一眼，"乔云的爹是你叔！娶乔云过门，当乔云娃儿的爹。愿意不？"

"这……"让我当场表态，我还真没了主意。

看我支支吾吾，半天没个响屁，马婶急赤白脸地说："你小子，脑袋真是榆木疙瘩。有啥不愿意的？进门就当爹，省多少事儿。这是你的福气……"

马婶正劈头盖脸地训斥我，河水缓缓地冲来了牛粪，一股令人作呕的臊臭味弥漫开来。"哎呀，这是什么啊？""牛粪！""哪来的？""不知道。""哪个王八羔子干的？""真缺德！"几个妇女慌忙从河里跳出来，骂骂咧咧的，如鸟兽散。

马婶跑出几步，又回过头来，撂下一句话："小子，多带点儿黄瓜、西红柿，晚上来我家，我再细细地给你说。"

我"嗯"了一声，木在那里，看着卷着牛粪渣滓的河水，自叹倒霉。为什么不一口气说完呢？媳妇娶成娶不成，还不知道呢，晚上去她家，又不知赔多少西红柿和黄瓜！

（二）

媳妇过门，我就当爹，虽然心里硌硬，但还是答应了，因为马婶说："在这三里五乡，乔云也算个大美人，如果不是二婚，能嫁给你？人家图个啥？图你有钱？你是个穷光蛋；图你有才？你是个榆木疙瘩；图你长得俊？比一头驴强点儿。就这条件，哪容得你挑三拣四？"

既然没得挑，那就张罗着娶吧。可是拿什么张罗？当然是钱了。按照村里的惯例，我估算着这场婚事的花销，装房子、添家具10万，买新车10万，送彩礼10万，办喜酒……算着算着，我感觉好像落下了什么。因为乔云的肚子等不了多少天了，这住院生娃、办满月酒，不花钱吗？这两项加起来，少说也得三五万。我拍着脑门儿，叫苦不迭，哪有娶媳妇把生娃儿的钱算上的？

这些年，我的全部积蓄就20多万，结婚娶媳妇、生娃办满月，两件事一块儿来，至少也得40万。我哪有这么多钱呢？可是没钱，怎么娶媳妇？……忽然，我想起藏在小商店里的那40多万。可这钱是谁的呢？是我的还是马文的？

这事儿还得从那一年说起。我回到农村，没了工作，也没了收入，可是一日三餐，少一顿也饿。为了营生，我在村口租下几亩地，种了大棚菜，开了小商店。虽然赚不了几个钱，但是日子过得很悠闲。种种菜，聊聊天儿，读读书，发发呆，任凭时光飞逝，我自吟哦人生。B城市以及马文，就像山顶的那座庙，吃什么斋、念什么经、度什么人，我不打听，也不关心，更不高攀。

可是，一天傍晚，一辆红色轿车急驶而来，又一个急刹车停在我面前，车窗缓缓落下，马文探出头来，笑嘻嘻地说："兄弟，你种的？"

我看着马文，面无表情地点点头。自从回了农村，虽然我没有抱怨过谁，但是总觉得马文欠我什么。我们兄弟之间也似乎隔上了一层秋天的晨雾，白茫茫、凉飕飕，看得见、摸不透。

他指一指副驾驶："你嫂子。"

我瞟一眼。她一袭红衣，戴着墨镜，但我依然认识——杨红！怎么是她？我惊讶得下巴掉到了地上。她向我微微地摆摆手。我结结巴巴："祝……祝福……"

杨红是杨总的大女儿，也是我们公司的"一姐"。我曾在她的手下工作过几年。这个女人，我太了解了，肚子里的坏心眼儿就像割不尽的韭菜，一茬一茬的。有一次，她瞒着杨总，抵押公司设备，谈了一笔利润丰厚的私活儿，却拉着我与对方签合同。这种事儿，我明白，赚了钱，是她的，出了乱子，是我的。谁愿当这大傻子？我故意把消息透露给二红。二红是杨总的二儿女，管着公司的财务，由于她的干涉，这笔生意才黄了。杨红发觉后，抄起一个文件夹，狠狠地砸我的脑袋，"你叫刘二，真是'二'得彻底……"这件事儿，如果不是马文替我周旋，我早就被她开除了。

自此以后，杨红恨我入骨，莫须有的小鞋，让我穿了一双又一双。有一次，临近下班，办公室的气氛沉闷，我自告奋勇给大家讲笑话——驴打滚儿。可偏偏被她抓了个现行。她以违反公司规定为由，既不开除，也不扣钱，罚我当场打一个滚儿。当着众多同事的面，臊得我就像没有穿裤子……回到宿舍，我破口大骂，什么难听骂什么，什么解恨骂什么，还放出豪言："逼急了，老子就脱了裤子打滚儿，让杨红看个够。"马文拍拍我的肩膀，笑一笑，没说话。

没想到现在他们居然成了夫妻……我低着头，一脸的不自在。

还是马文打破僵局，递给我几个袋子："兄弟，给我带上几样菜。"我挑选最好的,装满他的后备箱。他从衣兜里摸出一把钱塞给我。我告诉他:"自家兄弟种的,不花钱。"

他却说:"兄弟不缺钱,缺菜吃。"往后几年,马文又来过几次。每次带走几样菜,留下一把钱。只不过,轿车里不见了杨红。

这些钱,我没有存银行,也没有花过一分。我知道马文根本不缺菜吃。他们两口子经营企业,哪有时间做饭!即使雇保姆做饭,就我送的那几棵白菜、几根萝卜,能值这么多钱?这些年,虽然我们没有机会敞开心扉好好地聊一聊,但是,我猜测,在马文心里,也许是因为当初无缘无故地让我辞职,有些愧疚,给一些"补偿";也许是因为觉得我生活不容易,给我的"施舍"。无论是补偿,还是施舍,毕竟是花花绿绿的票子,谁见了不眼馋?况且眼下我正缺钱……

但是,如今马文娶了杨红这个丧门星。她会怎么想?我会不会成为她一辈子的话柄?我仿佛看见杨红斜着眼放寒光,鄙夷地朝我脸上吐口水……俗话说,"嘴薄下巴尖,笑里藏着奸"。杨红的嘴是有名的"杀人刀",全公司的人都知道。她会在所有的同事面前编排谎言,把我说成是见利忘义、贪得无厌的小人。再说,娶了媳妇,忘了兄弟。若是马文的耳朵根子被杨红的枕边风吹软了,我们兄弟不就彻底走到了尽头吗?这些钱难道不是我们兄弟永难交心甚至永不相见的一座山?

思来想去,这些钱不烫手,但烫心,不能要。找个机会,我会亲手交给马文。可眼下的婚事,我的钱不够,怎么办?……借钱?我脑子里闪出了一道灵光。我的亲戚多,每家借几个铜板,就会堆成山，还愁过不了这难关？

一连几天，我忙着借钱。二大爷、三表姑、四舅母、五姨夫……买礼物，串亲戚，走了一大圈儿。钱没借到，礼物赔了不少。傍晚时分，我垂头丧气地回到家，想着乔云的俏模样，竟然扑簌扑簌地掉下了眼泪。等了近四十年，才有机会娶媳妇，可是没钱办婚事……

"刘二——"马婶站在门口，吊着嗓子喊我。我笑脸相迎。

她劈头问我："准备得怎么样了？"

"差……差不多了……"我含含混混地回答。

马婶一本正经地说："刘二啊，你爸妈去世早，没人帮你张罗婚事。这娶媳妇啊，要讲究礼数，致谢媒人，这环节不能少。"

我赔着笑脸："婶子，你是我的媒人，这辈子，不会忘了你的恩情。"

按照村里的风俗，致谢媒人，一般送一套衣服、两双鞋、六袋米、六袋面。不过，也有家庭富裕的，干脆送上一个大红包，免了这些礼品。

"米、面不用了。我和你叔两个人，吃不了那么多。衣服也不用了，你买的，不一定合身。还是把这些东西折合成钱给我吧。"马婶突然阴了脸。

"折成钱？……多少呀？"

马婶慢慢地伸出了一根手指头。

"一千？"

"一万！"马婶咬着牙说，"一千能买个屁？你小子，良心让狗吃了？娶个媳妇还带个娃，一下两口人，老婆孩子热炕头，一步到位，就值一千？你就是个'穷鬼''钱迷'。早知道这样，就不给你介绍媳妇了。"

马婶扔下这几句话，拍拍屁股走了。

我坐在门口，望着凄美的夕阳，迎着风，愁断肠……

（三）

天不亮，我背上袋子去找马文。袋子里装的就是那40多万。昨天夜里，想了千百回，没有别的路可走。若想娶媳妇，只有先用这些钱。但是，我想，应该与马文当面讲清楚：他不缺钱，我不缺骨气，钱是他的，我需借用。虽然我和杨红的关系疙疙瘩瘩，但是借钱的底气还是有。因为钱就在我手里，难道她不借？

太阳明晃晃地升起来，正是上班的时间点，公司门口却是冷冷清清。

老王穿着保安服拦住我。多年不见，他已两鬓斑白，腿沉脚跛。怎么变成了保安？他可是公司的元老。当初，杨总在一间作坊里创业时，他已是"马前卒"。可眼前的老王……是人老年迈不值钱，还是公司寡恩薄义不厚道？

我们彼此问候几句，我问他："马总呢。"

他指指办公室："病了。"

"什么病？"

"拍拍肩膀屁股疼——浑身病。听说，要做手术。但是没钱，死扛着呢。"

我心头一震，怎会没钱？

"公司倒了，欠一屁股账……"没等老王把话说完，我就疾步走向了办公室。

在办公区，还是我熟悉的味道，只是长长的廊道静悄悄的，空无一人。地板上散落着片片纸屑，偶尔袭来一股阴风，卷起纸屑，颤悠悠地打旋儿。隔着窗户，就能听见马文剧烈的咳嗽声。我推门而入，他捂着胸口，正忙碌着什么。看见我，怔在那里。两个人的眼神碰撞在一起，一刹那，我们似乎回到了遥远的儿时，在小河边撩起一串串清澈的浪花，又似乎坠入了无边无际的泥潭，飘来一股陌生的悲凉和忧郁。

马文回过神来。我们彼此坐下。他笑着说："兄弟，来市里有事？"

我本想开门见山，说明来意。但是看着马文沧桑的面孔，话到嘴边又咽了回去，反问他："身体怎么样？"

他说："没什么，别紧张，休息几天就会好。"

"刚才听你咳得厉害，还是让杨红嫂子带你去检查检查吧。"

马文急忙摆摆手："我们离婚多年了。"

离婚？我感到意外，又似乎在意料之中。他们本来就不是一路人，又何苦走到一起。我这么"笨"的人都能看出来，难道马文感觉不出来吗？

"我们还是有感情的，只不过感情里面包裹了一枚硬币。"马文脸上掠过一丝苦笑。他把婚变的原因归结到钱上。我不想与他辩论，更不想评论杨红。

我拉起他："我陪你去医院。"

他攥紧我的手："兄弟，不用了，我没事。公司还有许多事要处理，脱不开身。再说，眼下手头紧，也没这个钱……"话还没说完，他就大声咳起来，满脸通红，满头大汗。

这个时候，老王送进两杯茶水，用手比画着让马文喝一口，压一压。然后，坐在我身边，感慨地说："马总这个人太仁义！破产清偿，公司没钱，个人垫上，给大家结清了工资，弄得自己连看病的钱都没了……可恨的是杨红，这个白眼儿狼太绝情，搞垮了公司还不算，居然还鼓动别人来逼债。"

老王的话，没头没脑，我没听明白。其实，公司为什么破产，杨红怎么样，我不关心。在当前，我最关心的就是钱，因为我是背着钱来借钱的。

但是面对此情此景，又不知道如何开口，我轻轻地碰了碰地上的钱袋子，心里荡起层层波纹……这些钱原封不动交给马文，那我娶媳妇怎么办？隐而不说带回去，那马文怎么办？难道眼睁睁地看着他没钱看病？我拧紧眉头，闷在沙发上不说话，脑袋瓜子却像炸了锅，反反复复掂量钱的事。

马文呷一口茶，摇摇手，示意老王不要再说了。然后，他却淡淡地说："过去的已死在了昨天，是非对错已不重要。重要的是向前看，我们再创业。"

"对，二次创业，凭马总的能力，只要我们兄弟同心，这事不难。"老王说得兴起，还转过身来，拍拍我的肩，"兄弟，马总二次创业，你一定要加入。马总重情义，你辞职的这些年，时常叨念你，也一直想请你再回公司……"

我醒过神来，浅浅一笑。说到辞职，我心里一直有个疙瘩，可是，这么多年了，马文并未向我解释过一句。老王的话不知道是真是假，但是我听了，心里还是热乎乎的。马文创业的能力，我从未怀疑过。因为从小到大，他事事处处比我有出息。那一年，我们迈出校门，走向社会，找的第一份工作是厨具销售。马文虽然是新手，但是销售业绩不输老员工。而我东跑西颠，发传单、找销路，下了不少功夫，可是每个月连底薪都拿不到。我们兄弟租房、吃喝用度，一切花销都是马文的工资。半年后，老板娘对我说："刘二，你心眼儿实，嘴又笨，还长得丑，不适合做销售，辞职吧！"我羞愧难当，只想找个地缝钻进去。马文却站出来说："我也要辞职！"老板娘问他："为什么？"他慷慨地说："我们是兄弟。他走了，我留下何用？我们兄弟要在一起！"这句话，让我感动地掉下了眼泪。我久久地望着他，疑惑地问："你也辞职，那我们还有钱吃饭吗？"马文却乐观地说："这钱就像天上的白云，一朵一朵的，在城市的高楼大厦之间飘来飘去，我们兄弟就是风，只要我们拉紧手并肩走，早晚把它赶进我们衣兜里……"

那个时候，马文青春年少，闯劲十足。可是眼前的他，媳妇走了，身子病了，公司倒了，钱也没了……我抬头望望窗外这片像森林一样的高楼，晴空万里，没有一朵白云，却看见了马文捂着胸，锁着眉，惨凄凄的面容……陷入如此困境的他，难道我视而不顾？想到这一刻，一股义气豪情涌上心头，我把钱袋子稳稳地推给了马文。

"这是什么？"马文惊讶地问。

"钱。"

"谁的？"

"你的。"我把那些年他留下钱的事原原本本告诉他，"一共40多万，我一分没花。"

马文好像被什么刺激了，霍地站起来，搂住我的肩，竟然呜呜地哭起来，"兄弟，那些年对不起……真的对不起。这些钱既不是补偿，也不是施舍，就是你的。不仅这些是，公司里还有，但是……"话又没说完，就咳起来，那咳声好像要把整个楼震塌。

他的话，我没有完全听懂，看他咳得厉害，急忙帮他捋捋后背，安慰他："别说了……我明白，能带走的已被昨天带走了，剩下的就是我们好兄弟。"

老王看到这一幕，也感动地湿了眼。他向我解释说："大半年了，来的都是逼债的，唯独你一个送钱的。患难见真情，马总能不激动？"

三个人的情绪还没完全平静下来，马文就眼巴巴看着我，似乎用一种祈求的口吻对我说："兄弟，这些钱能不能先借我一部分。我急用……"我和马文相识相交快40年了，我从没见过他如此低声下气。

我慢慢地点点头，但是心里滋生出一丝丝说不出的难受。他从袋子里掏出 30 沓，一一数清，共 30 万，竟然慢慢地推给了老王。"王叔，收下吧！半年了，别的同事都走了，唯独你忙前忙后……再说，公司清算时，还欠你的工资。"

"不不不……"老王惊慌地站起来，后退几步，"留下来，我心甘情愿。公司是杨总一辈子的心血，我舍不得离开！"

"是啊，杨总创业不容易。去世前，多次嘱咐我，经营公司不贪大，不求快，内部要团结，员工要善待……可是公司还是被我弄没了……"马文说着说着又抽泣起来，"王叔，你为公司干了一辈子，眼看就要退休了，可是公司没什么回报你的，这点钱，虽不多，收下养老吧……"

老王摊开双手，使劲往外推："看病要紧，我不缺钱。赶紧养好身体，我还想跟着你二次创业，赚大钱呢！"

看着他们两个推来推去，我那股义气豪情早已烟消云散，一想到回村娶媳妇，心就像被揪出来一样疼，额头上不停地冒汗。我提起剩下的钱，起身告辞。马文和老王留我吃饭，我执意拒绝，一个人默默地走了。

（四）

走到村口，我就看见了乔云。她扶着腰，腆着肚子，背依在小商店门口。落日的余晖漫步在粼粼的河面上，拂起一丝丝清爽的河风。她轻轻地绾起秀发，若有若无地望着远方。

我明白，这是媳妇送上了门。可是钱没了，怎么娶？

我懊恼地想扇自己两个耳光，借钱的人反而被人借走了钱，真是没出息到家了！

乔云看见我，羞怯地招招手："去哪了？等你好一会儿了。"

"去趟市里。"

"听马婶说，你答应了婚事，怎么没了动静？"乔云说着，脸上泛起片片红晕，越发楚楚动人。

"我……钱不够……"话一出口，我万分羞愧，脑袋耷拉着，快掉进了裤裆里。

"你有多少钱？"

"40多万……不不……30多万，那10多万不知是谁的。"

"给我吧！"乔云伸出纤纤细手，用灼灼的眼神看着我。

"我……我……"一时间，不知道说什么，我抓耳挠腮，满头大汗，窘得像只脱毛鸡。

乔云咯咯地笑了起来："给你开玩笑呢，瞧你吓的。马婶说你是榆木疙瘩脑袋，还真是。你为什么不说'你若嫁给我，我就给你'呢？"

我讪讪地笑了笑，绷紧的心舒缓下来。

"咱们结婚，花不了那么多钱。房子不用新装修，味儿太重；酒席也别办了，七大姑八大姨，来一大群人，吃吃喝喝，又花钱，又累人。再说，我怀着孕，也不太方便。一切都简单点吧。"乔云说。

"不办喜酒，你爸妈同意吗？"

"同意。我嫁人，我说了算。"乔云说得很坚定。

"那彩礼呢？"问到这儿，我心里咚咚直跳，村里曾有姑娘嫁人，嘴张得比瓢还大，天价彩礼，娶不起。

"彩礼吗？……"乔云托着下巴，两只眼睛像葡萄一样，扑扇扑扇地诱惑我，脸上还掠过一丝黠笑，"刚才向你要，你不给，我只好贴钱嫁你喽。"

我憨憨地挠挠头，笑一笑，连忙说："给……给……"

乔云又说："你看，村里两口子过日子，都是女人保管钱。若是嫁给你，你的钱早晚不是我的吗？"

"是是……"我点点头。

乔云摸一摸鼓鼓的肚子："那就别磨叽了。明天你开上电瓶车，带我去民政局，咱们把结婚证先办了。后天，再找人琢磨个好日子，把我的嫁妆搬到你家。然后，再发几张喜帖，请些亲戚朋友，举行个简单的仪式，这婚就算结了。"

结了？我简直不敢相信。娶媳妇就这么简单？压在我心头的那块巨石轰然倒塌，我一屁股坐在地上，回想起这段时间起起伏伏、磕磕绊绊的经历，就像坐过山车一样，令人哭笑不得。一时间，我不知道该如何表达自己的心情，迷迷糊糊抓住乔云的手，说了一句："谢谢！你是好人！"

婚后不久，乔云生了娃儿。虽然不是我的，但是看着肉嘟嘟的小家伙，我乐意做他爸爸。我和乔云的感情，好像掉进了蜜罐里，又甜又黏。我在棚里种菜，她在店里卖菜。闲暇时，我们抱着娃儿在河边散步，看朝阳缓缓升起，听河水哗哗流去。偶尔兴起，我还会跳进河里，摸上几尾鱼。乔云下厨做个小菜，我自斟自饮两杯。

幸福的感觉会让日子过得快。一转眼，就到了冬天，西北风呼呼地叫唤。一天晚上，我和乔云吃完饭，没地方可去溜达，只好窝在床上，闲聊天儿。我突然想起了那些钱，就试着问乔云："到底是谁的？"

她用酥软的手指搔搔我的脑门儿："榆木疙瘩脑袋。当然是你的。这是马文的买菜钱。"

"就那点菜，能值40多万吗？"

乔云瞥我一眼："菜有贵贱。你卖菜，他掏钱。一个愿打，一个愿挨，天经地义。再说，这么多年，马婶吃你多少菜，给过一分钱吗？"

我听着她的话，似乎也有些道理。虽然觉得不那么心安理得，但是也无可奈何。女人吗，只进不出，对钱看得紧！再说，亲兄弟难算账，管它是谁的呢。只是大半年过去了，马文一点儿消息也没有。我很惦记他。他的病好些了吗？那30万是看病了，还是给老王了？二次创业成功了吗？……带着这一脑门儿的问题，我倒头睡下了。

（五）

天还不亮，手机铃声就急促地响起来。我一看，是岳母，顺手递给乔云。手机那头说："云啊，你和姑爷赶紧来吧，马婶号哭了一宿，隔着墙就听见了。顺便把娃儿带上，我怪想他的。"

马婶是有名的大嗓门儿。岳母和马婶是邻居，听得见哭声，不奇怪。但是马婶号哭啥？

我和乔云把娃儿交给岳母照看，就匆匆去了马婶家。乡亲们已三三两两聚在这里。原来是马文死了。马婶已经哭得昏了头。

这宛如一个晴天霹雳，炸得我的脑袋嗡嗡响，好一会儿才回过神来。我想去市里，但是乡亲们告诉我，昨天下午，马叔几个人已经去了，再多人去也没用。我只好留下来，帮忙布置灵堂。

傍晚时分，马叔和老王抱着寿盒和遗照回到了村里。我和老王一见面就抱头痛哭一回。事已至此，人死去，一切空。马文怎么死的，什么时间死的，不重要，我不想问得太清楚，只想在灵堂里望着他的遗照静静地回忆。

但是老王一边哭一边说："马总天天念叨你。病重的时候，心里很矛盾，又想见见你，又怕见到你。他觉得这辈子最对不起的人就是你，直到咽气的时候，还一直呼唤着你的名字……"老王描绘得太逼真，很瘆人，乔云紧紧地搂住我。

丧事，一切都按照村里的风俗办。明天下午要出殡，今天夜里要"烧马"。"马"是用山上的黄金柴扎的一个马形状，外面糊上一层大白纸，意思是让逝人骑上马去阴曹地府。一般"烧马"的人，是巫叔和逝人的亲属。巫叔是主持"烧马"仪式的人，这三里五乡，谁家有白事都请他。但是马文的亲属不太多，马叔马婶岁数大了，杨红又没回来，其他亲属不愿去。因为，"烧马"是村里最怕人的一件事。有人说，"烧马"的时候，会看见大地裂开一条缝，逝人被黑白无常风驰电掣般地带走；也有人说，会看见牛头马面带着一群小鬼钻出地面，张牙舞爪地把逝人的灵魂生生吃掉，还能听见嘎巴嘎巴地嚼骨头声……这些都是民间传言，不足信。但是深更半夜、天寒地冻，没人愿意去。

老王向我递眼色，我点点头。乔云看穿了我们的心思，狠狠地踩我一脚，小声嘟囔："不要命了！"我轻轻地拍拍她的手："我们是兄弟，应该送他最后一程。"

夜里 11 点整，我和老王、巫叔，抬上纸马、带上冥纸，向村外的河边走去。整个村庄沉浸在一片黑色之中，一阵阵冷风像幽灵一般，在天空和地面之间翻滚跳跃，路边的树木伸出虬枝，像一只只移动的鬼爪。巫叔默默地走在前面，老王也许是心里害怕，也许是心里有话说，拉着我的手絮絮叨叨。

他说："兄弟，种菜，不是你的命。"

我反问他："不种菜，干什么？难道当老板？马文已经死了，还有二次创业吗？"

"你曾经是老板。"老王笑着说，"马总的公司有你的股份，我也有，那些老员工都有。你的股份多，能值 300 多万。可惜现在什么都没了。"

我有那么多钱？为什么不告诉我？有这300万，还至于那么多年娶不上媳妇吗？我惊讶地看了一眼老王。但是天太黑，他没发现，只顾自己说："本想早点告诉你，但是杨红这个丧门星三天两头来公司，不是撒泼，就是捣乱，公司的许多业务都停了，搞得马总也是焦头烂额。"

"怎么牵扯到了杨红？他们不是离婚了吗？"我问老王。

"离是离了，但是还有后遗症。离婚时，财产的分割，是经法院判决的，原公司一分为二。本应该大路朝天，各走一边，互不往来。但是杨红贪得无厌。她觉得整个公司都应该是她的，想方设法拿走马总的那一半。明抢不行，就暗夺，联合业内其他公司，不断地使绊子、下圈套……她这个人呀，过河拆桥，没良心，全然不顾夫妻情分，更不顾念马总作出的牺牲。就拿你来说吧，当初，你当上企业发展部主任，多高的工资，多好的前程。但是马总为了她，劝你离了职。马总这个人最重兄弟情义，在他心里有多么痛苦和内疚……"

"怎么？我离职，还跟杨红有关系？"我急忙追问他。

老王感觉说漏了嘴，停顿一会儿，叹口气说："在马总生前，他本想和盘告诉你，但是又怕引起误会，使你们的兄弟情义蒙上阴影，所以一直装在心里，隐忍不说。现在，马总人也去了，这些事还是索性告诉你。"

我把耳朵竖起来，仔细地听。老王说："咱们公司是杨总从作坊里干起来的家族企业。他没儿子，只有两个女儿。在公司传承问题上，迟迟没想好。有一次杨总问我：'公司传给谁？财产怎么分？'我是个外人，拿不得主意。可是他的两个女儿都是属狼的——不吃素，谁都想继承公司。所以明里暗里，斗得你死我活。当时公司有四个核心部门，生产部、财务部、销售部、发展部。谁控制了这四个部门，谁就相当于控制了整个公司。一直以来，杨红管着生产部，二红管着财务部。马总虽然是外人，但是凭着本事，当上了销售部经理。杨总亲自管着发展部，居中协调，平衡各方。但是到了晚年，病情反复，精力不济。杨红认为夺权的机会到了，上蹿下跳，联合家族势力，向杨总施压。杨总虽然觉得形势不妙，但是心有余力不足，这才提拔你，主管发展部。因为你办事可靠，关键你和杨红不是一路人。"

"可是天不遂人愿！"老王继续说，"杨红争得红了眼，不择手段，她竟然上了马总的床。那时候，马总年轻，血气方刚，有姑娘赖在床上，又是老板的女儿，半推半就也就答应了。从此，有了马总的协助，杨红的胜算多了几分。可是你却成了她最大的绊脚石。搬开这块绊脚石，最佳的人选是马总。因为你们是兄弟，他的话，你准听……"

直到如今，我才明白，当初杨总为什么破格提拔我，马文为什么劝我辞职。提拔我，是利用我和杨红之间的矛盾，把我当成了一颗钉子，阻止杨红夺权，为考虑继承问题换得时间；劝我辞职，是杨红和马文进行的一场"私下交易"，拔掉我这颗钉子，夺得公司的继承权。怪不得马文生前总觉得对不起我，而且一句解释的话都没有。面对兄弟，这些事他怎么好意思启齿呢？不过事情过去了这么多年，尤其是我娶了乔云以后，夫妻和睦，生活美满，心中的那块儿疙瘩早已淡去。再说，为了兄弟，我牺牲一些，也没什么，况且马文已经死了。

老王又说："马总不是薄情寡义，暗里使奸。劝你辞职，他和杨红之间是有条件的。但是杨红继承公司后，不仅不兑现，还矢口否认。马总也没办法。因为他们已经结了婚。马总错就错在，没经你同意，就替你做主，答应了杨红的条件……后来的事，大概你都知道。他们两个人经营企业，分歧越来越大，最后不得不离婚，公司也一分为二。分家后，马总的公司立刻改成了股份制。在核资定股的时候，马总想到的第一人就是你。你的股份由马总代保管，就比他的少了一点点。可是，一年多前，不知杨红灌了马总什么迷魂汤，两家公司居然签了一份合同。也许是马总不小心，也许是着了杨红的道，致使公司赔了个干净……"

老王讲了一路，我听了一路，前面就到了小河边。我们三个人小心翼翼地下到沙滩上。巫叔指定一块地方，吩咐我搬一块大石头，把纸马放在上面，把冥纸摆在下面，然后看看手机说："时间不到，再等会儿。"

我望着远方的田野，被静静的黑包裹得严严实实，唯有听见哗哗的流水声。这似乎就是我和马文的笑声。小时候，村里的孩子，包括我和马文，天天泡在河里。尤其是暑假，我们在这里乘凉、抓鱼、洗澡、打草……笑声裹着水声，水声载着笑声，淌出一条河的欢乐。我的父母去世早，哥嫂照顾少，有时候会饥一顿饱一顿，马文总会从家里带出两张饼。我们从河里摸上几尾鱼，在岸边支起一个小铁架子，生起火，烤上鱼，吃烙饼……可是今天夜里，就在这里，我却要送他最后一程……

"开始吧。"巫叔说。我看看表，正好 23 点 50 分。我点燃地上的冥纸。巫叔蹲下来，用手指在地上划来划去，好像是画阴曹地府的路经图，又像是画符，嘴里还念念有词。

我望着那一团冥纸，悠悠的火苗，黄中有红，红中带绿。大地在火苗的摇动跳跃中，像是一条蚯蚓，蠕动着身子，裂开了一条缝，下面不是阴森森的地狱，而是蓝天白云。我看见马文笑脸灿烂地向我招招手，化作一阵风，追赶着大朵大朵的白云……

"点火。"巫叔大喊一声。我愣在那里，没反应。老王麻利地点燃那只马，火苗呼地蹿起来。

"启程，一路走好。"巫叔一面喊，一面猛踢一脚。燃烧的纸马飞到半空，照亮半条河，又箭一般地栽进了河里，淹没在深深的黑夜里。我还没看真切，马文是否跨上马，飞奔而去了。巫叔又喊一声："回。"他挽起我和老王，扭身往村走。按照村里的风俗，"烧马"的人不能停留，也不能回头，以免逝人因为留恋而不愿离开。

丧事办完后，老王回市里。我送他到村口。我们紧紧地握着手，久久地没说话，也许是自此一别，再难见面。

乔云带着孩子留在了岳母家，让我一个人住在小商店里，避避晦气。

几天后，乔云匆匆来见我，递出一张银行卡："去镇上取些钱。"

"取钱干吗？"

乔云故作娇嗔地说:"榆木疙瘩脑袋。取钱能干吗?给马婶啊。她的眼哭瞎了。那 10 多万给她养老吧。另外多取 1 万,你欠她的媒人钱,还没给。你就是个'钱迷'。"

我用力地点点头。

《谁的钱》刊于《莲池周刊·文学读本》2023 年 6 月第 13 期

路边遇见你

（一）

白云挥挥手，头也不回就要离开这座城市。

也许是因为留恋，所以不回头。

我一口气追到火车站。白云在候车室的一角，手里捏着车票静静地发呆。我悄悄地坐下，轻轻地拍拍她的肩膀。她扭过头，一脸惊讶地看着我，沉默不语。

不知道该说些什么，也不知道从何说起。我心中一团乱麻。

"真的要走吗？"我打破这片沉默。她瞥我一眼，用力点点头。

"你家里怎么办？"我问她。

"家？早就没有了。自从爸爸去世后，我就没了家。"白云的嘴角流露出一丝苦笑。这刹那的微笑或许引起了她无数的往事，我看到她脸上无限的惨淡。

"我不是那个意思。我是说你和王义的家……"我急忙更正。我知道她不愿意再提这件事情，但我还是不由自主地问了出来。半年前，他们两口子吵架后就进入了持续的"冷战"，我曾经劝过几次，可是没有任何作用。

"已经算清了。该是他的都给他留下了，该是我的我也全带走了。其实，也没有什么是我的。你看，全在这里了。"她用手指着躺在地板上的一个小箱包。

"那家粥馆不是你婚前开的吗？那是婚前财产。"我提醒她。

"已经转卖给别人了。我本想送给王义，毕竟夫妻一场。但是他不会经营，最后还是卖了。"白云淡淡地说。

我感觉自己就像个傻瓜，匆匆来到火车站，我的目的是什么？是挽留她还是送别她？其实，我心里也不清楚。可是刚才说的一堆话，好像一句挽留的或者送别的都没有。

我理理情绪，继续问白云："你想要去哪里？"

"去 B 城市。"

我好像忽然明白了。听说万山在 B 城市，他会照顾好白云的。白云和王义离婚，我感觉万山是导火索。有一次，白云和王义吵架很凶，桌子都掀翻了，锅碗瓢盆摔了一地。我赶去劝架的时候，听见王义指责白云："日子没法过了，离婚，赶紧离婚。要不我走，要不万山走。你们两个整天在一块儿，我早就看出来了，你们的感情不一般……"

现在，白云已经离婚了，名正言顺到 B 城市与万山相聚也是应当的。她已经快 40 岁了，我真心祝福她找到一个喜欢她的人，拥有一个幸福安稳的家。

"是不是见万山？"我脱口而出。话说出口，我就后悔了。为什么要问她这些呢？

没想到白云那么生气。她霍地一下站起来，两只眼直直地瞪着我说："别胡说八道！"然后，又慢慢坐下，郑重地对我说："你要记住了，我和万山的关系不是你想的那种。别人怎么想、怎么说，我不管，你要相信我。我尊重万山、感激万山。他帮助我太多太多了……"

我怯怯地点点头。

白云就是牙齿咬铁钉——逞嘴硬。放弃拥有的一切，千里迢迢去追寻，只为一份感情，在这个时代不是一件丢人的事，为什么不敢承认呢？或许是因为两人还没有捅破最后一层窗户纸，所以才这样说。

至于帮助白云，我认为这正是万山接近白云、讨好白云的伎俩。男人追求女人，不都是走这条路吗？

我记得，那一年，白云结束了十多年的打工生涯，决定自己创业。她干脆利落地租下两间门脸房，挂起一个招牌，招聘几个人，摇身一变成了一家粥馆的老板。

粥馆的位置稍微偏远，但格局很好，上下两层，装饰古雅。可是不到两个月，白云就向我告急，粥馆的生意不好，就像深山的野庙——见不到什么烟火。

白云急得觉睡不香，饭吃不下。我一边安慰她，一边帮她分析："是不是因为'酒香巷子深'，没做宣传，顾客不知道？要是在电台、报纸、网站上做广告，那需要一笔不小的开销……要不印些宣传单发发吧。"

白云采取了我的建议，印制了一大包宣传页，顶着大太阳，走街串巷介绍她的粥馆。可是粥馆的生意还是外甥打灯笼——照旧，一点儿起色也没有。

白云眼角充满血丝，嘴边长满燎泡，疲惫不堪地歪躺在椅子上。我想劝劝白云别硬撑着了，辞退员工，倒闭吧。可是我又知道这是白云所有的积蓄，一旦倒闭，将血本无归。

痴痴发呆的白云喃喃自语："不是宣传不够，是粥的原因。"

"那就招聘一位手艺好的师傅……可是到哪儿找呢？"我问她。

突然，白云啪地一拍脑门儿，站起来，兴奋地说："找万山。万山准行。"

不几天，白云不知道从哪儿找来一个中年男人——万山。

万山高高瘦瘦，一脸清秀，只是言语不多。他让白云挂上新招牌——"路边遇见你"。我问白云："这么撩人的牌子有什么含义吗？"白云摇摇头，说："这是万山起的名字。"他又让白云辞退后厨所有员工。我问白云："这个人靠谱吗？他一个人能行吗？"白云点点头，说："他喜欢安安静静地干活，不喜欢别人打扰。"我疑惑地望着这两个人。

一个星期后，万山备足食材，把锅碗瓢盆拾掇停当，然后一头扎进后厨，通宵达旦地忙乎着……

有一次，白云笑嘻嘻地请我吃粥。面前的这碗粥，六分汤四分米，色泽微黄，黄中略红。我品尝一点儿，米香独特，淡而不寡、厚而不腻，有一股石上流水、山间过风的清爽感觉。

白云告诉我："这是万山根据'坎离既济'，精选了八种原料，用了三天三夜的时间，反反复复做了几十次试验，才调制成功的一款养生粥，名字叫'黄耳'。这个粥对压力大、工作忙，心肾不交、睡眠不足的人特别有好处。"

我听白云描绘得神乎其神，悄悄走到后厨，只见万山一边泡豆、淘米、备料，一边开火、加水、调味……左右开弓，挥洒自如，全然不知道我站在他身边很久了。

自此以后，万山变着花样推出养生粥，白云的粥馆也一路逆袭，慕名而来的顾客快要踏破门槛了，有时饭点的高峰期还要排队，来一拨、吃一拨、走一拨，几乎快成流水席了。

白云的生意越做越火。我劝她趁机扩大规模，多赚些钱。白云却说："万山不让。"

"什么时候万山成了这家粥馆的老板了？"我反问。

白云只是笑笑，不回答。

就这样，万山在后厨，白云在前台。"路边遇见你"好像是一家夫妻店。

"××列车就要进站了，请做好接站准备。"播音员清脆的报站声，打破了我的回忆。白云所乘的列车到站了。她背起箱包快步汇入那条长长的移动的进站人流。我望着她渐渐远去的背影，大声喊："你还回来吗？"

那一声犹如雨珠一般滴在空中，很快淹没在人群中。白云没有回头，也没有回答。或许因为嘈杂的进站声，她没有听见；或许因为她也不知道自己是否还会回来。

（二）

白云已走了大半年。其实她走与不走，对于这个城市而言，没有丝毫影响。夜里的霓虹灯依旧闪烁迷人，白天拥挤的十字路口照样形色匆匆。偌大的一个城市，每个人就像一粒微尘，喜怒哀乐、生离死别，在城市的上空不留一丝痕迹。然而，被挂念的人和所挂念的人，无非就是几个亲朋。我时常依窗而望，不知白云过得怎么样？

这一天，王义打电话约我见面。我正想通过他了解白云的情况，他却主动约我。没想到还没等我开口说话，他就直截了当地向我借钱——两万块。前两次借钱，还是白云替他还的。怎么又借钱？一定是白云走后，断了经济来源，开始借钱生活了。本不想借给他，但又没办法。因为在这个城市我是他为数不多的几个朋友之一。

当年，在农业大学读书时，我们是同学。他喜欢文艺，人人尽知。在食堂吃饭，他常常激情四射、唾沫飞溅地向我神侃海吹他的文学创作。我生怕他的唾沫星子飞到我碗里，每次都想快点吃完，然后敲敲他的饭盆，"吃完了，该走了"。他才回过神来，狼吞虎咽，吃上几口。大学毕业后，他像脱了缰绳的野马，北上南下、东来西去，走了许多城市，看过不少风景，做过编辑、写过不少作品。但是多年来名未成、财未聚，满满的梦想和大把的光阴被他一路颠簸丢得精光，两个肩膀扛着一只吃饭的嘴巴回到这个城市。

　　白吃白喝，我养他几天后，就主动给他介绍工作，让他养活自己。我连续给他介绍了四份工作，每份工作都没干够三天。第一份嫌费力气，第二份嫌费心思，第三份嫌费时间，第四份嫌管束多。我被气得火冒三丈，指着他的鼻子说："你吃嘛嘛香，干嘛嘛不成。要不你学着做点儿买卖吧。"

　　"卖什么？我有什么东西可卖？是卖脸卖笑还是卖身卖肉？"他蜷缩在床上，眯着眼，懒懒地回答。

　　"卖你的猪头，你不是脑袋大吗？"我讥讽他。

　　他一点儿也不生气。

　　"最后给你介绍份工作。白云的粥馆人手不够，请你去帮忙，负责指挥车辆停泊，也就是保安，你去不去？"我望着他。

　　"保安？那不就是看门的吗？"他不情愿地嘟囔着。

　　沉默片刻，他又重重地挠挠头："我看一时半会儿也找不到合适的工作。白云也算是老朋友了，既然她请我，我就去吧。"

　　从此，"路边遇见你"的门口有时会看见一位头戴大盖帽，腰

117

挂大喇叭，走来走去、吆五喝六的人。

在清河公园见到王义。他打开一个黑色的包让我看，里面全是折断的笔。毛笔、水笔、钢笔、铅笔……

我惊讶地看着他："你是喝多了，还是发烧了？"

"以此明志，与笔断缘。"王义坚定地说，"过两天，找个地方把它们埋掉，建个'笔冢'，祭奠我的前半生。"

虽然我不知道他这是演的哪出戏，但是我知道他做事向来走极端、没套路。

王义用手比画着向我解释："我喜欢文艺，这你是知道的。在大学期间就写小说、练书法。文艺就像天边的彩虹，频频向我招手，让我像着魔似的去奔波、去追寻。一直以来，我也认为自己可以一支笔走天下。可是多年来，它带给我的只有一路的风尘和满脸的沧桑。现在，老婆走了、工作没了，我一无所有、一事无成。"

他一着急，唾沫星子飞溅。我扭着身子，捂着半边脸，心不在焉地听着，心里想："多年的同学关系，就为借点钱，还用唱一出'苦肉计'吗？"

王义继续绘声绘色地演："在这条不知去向的路上全是美丽的虚幻的泡沫。我已彻底明白不适合走这条路，必须果断回头，重新走一条人生之路……这支笔误了我大半生，我已把我所有的笔毁掉了，并发誓再也不摸笔了。"

"不是笔的错，是人的原因。"我恨铁不成钢地咬着牙更正他。

他没有反驳，从身后拿出一把二胡，一脸兴奋地说："最近，我加入了一个剧团，并拜了一位拉二胡的为师，已经磕过头了。我想跟他学习二胡。这年头儿，有手艺就有饭吃。"

王义的脑袋好像灌了香油，转弯儿怎么这么快？我有点儿跟不上他的思路。

"现在人们生活条件好了，特别是农村，婚丧嫁娶都会请剧团唱上两天。剧团的演出可多了，收入很可观……"王义看看我，又低下头说："'好马配好鞍'，师父送我的这把二胡太旧了，我想在上班之前置办一把新的，可是钱不够……"

兜圈十万八千里，最后说到钱。他的意思，我好像终于听明白了。这就是他所说的新的人生之路，也是他借钱的原因。

"我已经联系一家专门定制高档二胡的公司，听说木料是小叶紫檀的，弓毛是天然白马尾毛……"王义耸耸肩，兴致勃勃地向我介绍二胡。

我不懂二胡，也不想听二胡。他絮絮叨叨的无非就是借钱。我突然打断他的话："你和白云到底为什么离婚？"

他收起一脸兴奋，沉默一会儿说："可能是因为没有共同的兴趣和语言吧。她成天在粥馆里忙碌，不是打理店面，就是学习煮粥，回到家里，话也不说，倒头就睡。我想带她旅游、度假、采风，她都不去。我内心的孤独像野草一样疯长……"

我打断他的话，厉声斥责他："你就是个彻头彻尾的浑蛋。白云是我两人的恩人。那一次，若不是白云帮助，我两人就会死在大山里面。你就这么对待恩人吗？这一次，在你没有工作、没有饭吃的情况下，是白云收留了你。名义上聘请你去当保安，实际上你干活了吗？这不就是白云故意创造机会，养活你吗？关键是你还存在

119

非分之想，和她谈恋爱，把她娶了。你娶的是你的恩人、你的老板，你心里不清楚吗？撒泡尿照照自己，你配吗？"我憋了大半年的话终于说了出来。

王义红着脸说："我们结婚是有感情基础的。她未嫁、我未娶，结婚有什么错误？"

我气得差点儿捶上王义两拳，事情发展到这一步，还不认错。我大声说："谈恋爱、结婚本身没错，为什么结婚后不好好过日子？你跟她闹离婚，害得她粥馆也开不下去了，背井离乡去了其他城市。你对得起她吗？你还有良心吗？"

王义面露愧色："怪我太冲动。有时在夜里睡不着了，我思来想去，非常内疚。但是我不知道怎么才能补偿白云，也不知道这辈子还有没有机会。不过……我感觉她和万山更合适，他们两个人在工作上配合很默契，生活上也有说不完的话……离婚后，我去 B 城市找过白云，可惜没见到。我多次打电话给她，她只回了一条短信。"

王义递过手机，果真是白云的短信："勿念，我过得很好，和万山一起开了两家粥馆，生意也不错，正准备结婚。"

看到这条短信，我心里那块悬着的石头一下子落了地。白云朴实善良，应该有一个好的归宿。我打心眼儿里替她高兴。

我抬起头看见王义正眼巴巴地看着我。我明白，他灼灼的眼神是在提醒我借钱的事。我悄悄地把衣兜里的两万块钱分成两份："什么高档二胡值两万块钱？就借给你一万，多了没有。"我掏出一份，塞给他扬长而去……

王义真的买了二胡，并加入了那个剧团。走村串乡地演出，风尘仆仆，非常辛苦。但不知道王义的哪根神经触碰了高压电，他居然坚持了下来，而且还乐在其中。演出之余，无论阴晴、无论早晚，他都会带着二胡去清河公园，找块石凳，摆好姿势，眯上眼睛，晃着脑袋，"吱扭吱扭"地拉个不停。有时拉到高潮，整个身子也会随着节奏摇摆起来。我望着他的背影，感觉又可敬又好笑。

有一次，他拉得出神，声音悠远悲凉，犹如漆黑的夜里在大山深处汩汩流淌的小溪，犹如对着洁白的月亮凄凄哭诉的怨妇。一大圈围观的人静静地听着，不懂音乐的我也觉得有点儿意思。我从公园旁边的垃圾堆里捡了一只破碗，悄悄地放在他面前。果真，有人往里面投钱……

一会儿，被王义发现了。他暴跳如雷，两眼瞪圆，指着我的脑袋大声训斥我："你这是侮辱我的艺术、侮辱我的人格、侮辱我的人生……"我从来没见过他这么生气，看他怒不可遏的样子，好像要吃掉我。我赶紧弯腰捡起地上的钱讪讪而去。

（三）

好久好久，王义不理我。

我真的没有侮辱他的意思，只想抓住一切机会，让他多赚些钱。然而，静下心来，细细地想想，也许我做得有些过分。在我眼里，王义的行为有点儿另类，生活有点儿困顿。但是每个人都有选择自己人生道路的自由。人生没有成功与失败，没有高贵与低贱，只要自己无怨无悔就好。我与王义只不过选择不同而已。看看自己的内心，是不是一开始就对王义抱有偏见？这种偏见正是我的狭隘。想到这里，我感到深深的歉意。

为了缓解关系，我约王义去郊游，他爽快地答应了。他提出带上剧团的几个朋友，我也答应了。

日期选定后，我驾车载着他们直奔伏牛山。

我们漫步在伏牛山下，山高水远，天蓝云白，钻过树叶偷偷射到路面上星星点点的阳光，随着清风羞涩地摇曳跳跃。小路两边壮壮硕硕的花草，青中泛黄，把一串串的成熟编织成一片片秋的韵律。

我敞开心胸，感受着大自然雄浑而恬静的气息。可惜，王义的几个朋友大煞风景。他们都是剧团的演员，面对如此良辰美景，兴奋地边走边吊嗓子，"咿咿呀呀"，鬼哭狼嚎，惊动整个山林。

半山腰有座庙，我借故脚疼，留了下来，让耳朵清静清静。站在山门外的八角亭里，远望天边，青山连绵，苍茫云起，我顿时觉得心旷神怡……

忽然，一个熟悉的身影闪进我的眼角余光。他身着带花纹的衬衫，外套黄色坎肩，两个大字"义工"格外显眼。

"是万山。"大脑一番搜索后给出答案。

我上前一步，抓住他的胳膊问："你是不是叫万山？在'路边遇见你'粥馆做工的师傅？"

"是呀。"他抬起头，认出我这个熟人，拉着我的手坐在亭子里。

"你怎么在这儿？"我站起来急切地问。

"我本来就在这里。"他说话还是慢悠悠的。

"白云呢？你们不是在 B 城市结婚了吗？"我直奔主题地问。

"谁结婚了？"万山一脸惊愕地看着我。

我扔下万山的话，掏出手机拨通白云的电话，问问究竟是怎么回事。白云没接，回复一条短信："忙。"我回复她："我在伏牛山，遇见了万山。"她没有回复。

我平复一下情绪，回头看看万山。

万山似乎明白了我的意思，郑重地回答我："我从来没有去过 B 城市，离开粥馆后，就来了这里。我和白云的关系，你误会了。我们不可能在一起，我们的感情不是你认为的那种。"

"可是白云曾经告诉王义，你们准备结婚了。"我问。

万山沉思一会儿，淡淡地说："也许是白云独自一人去 B 城市打拼，不想让你们担心，撒了谎。她是一个心地善良的女人。"

我半信半疑地看着万山。白云走后，这中间到底发生了什么，我不得而知。

"王义和白云真的离婚了？"万山反问我。

"是的，他们离婚后，白云去了 B 城市，是我送她走的。"我回答。

"白云真是一个苦命的女人。"万山好像想起了什么，望着远方悠悠地说，"她家在深山农村，挣钱的路子少，生活不容易。妈妈去世早，使本来贫困的家庭雪上加霜。穷孩子早当家。白云很懂事，自小就帮助爸爸料理家务，照顾弟弟。虽然读书很用功，但是受家庭拖累，最终没能上成大学。到了结婚的年龄，村里给她介绍对象，她爸爸非常乐意，她却死活反对，因此与她爸爸僵持不下，只好一个人到城市打工，多年没有回过村里，直到她爸爸重病去世。没学历、没文化、没技术，在城市打拼不容易。这几乎成了白云的心病。所以王义到粥馆工作后，她特别高兴，因为王义有文化、有学历，脑子也聪明。白云主动接近他、照顾他。她把对文化的渴望变成了对王义的追求。也许这是白云错误的选择。"

万山沉思片刻，喃喃自语："他们两人一个会经商、一个懂文化，一个能干、一个聪明。按道理，他们的婚姻应该是幸福的。可是，不知为什么，他们中间好像有沟沟坎坎……"

我心想横亘在他们中间的沟沟坎坎也许就是万山。

万山似乎会读心术。他看看我的眼神，坦荡地说："当初，白云一天三个电话，求我去帮忙。我拗不过她，就答应了。在粥馆里，我成天钻在后厨，忙得'后脚跟碰后脑勺'。他们两口子吵嘴，就如'勺子碰锅边'，常有的事儿，我没有在意。可是后来，听服务员说'他们吵架时经常提到我的名字'，我才意识到我该走了。于是，在一天夜里不辞而别……"

万山的话还没说完，白云给我回了电话。

她说话的声音还是那么清脆、爽朗。她问我："你怎么知道万山在伏牛山？"

我回答："我今天出来散散心，偶然遇见了。"

白云说："你们两个真是有缘。再次见面不容易，让他带你好好玩会儿。过去的一些事情就不要再提了，谁对谁错、谁沾光谁吃亏都不重要。重要的我们还是朋友。现在我很好，已开了八家分店，生意火爆，生活充实，不用挂念。"

白云挂断电话。万山笑呵呵地说："白云很能干，也善于学习。她在B城市开粥馆，还是沿用了王义的经营思路，看来效果不错。当初，王义认为粥馆哪都好，就是缺少文化气息。白云信赖他，就单独为他开辟了文化工作室，对粥馆里里外外进行了文化包装。大门口、走廊里，所有的大字都是王义题写的。还打出广告，吃粥免费赠字画。这一招真管用，为字画而来的顾客比吃粥的还多。王义在文化方面确实有点儿才华，可惜就是人有点儿拗、脾气有点儿怪。现在白云在粥馆里开辟阅读室、书画室，顾客们可以边吃粥边阅读边练字，把饮食、养生、文化结合了起来，就连招牌还是当年的'路边遇见你'。"

提起招牌，我记得这是万山起的名字。"有什么含义吗？"我问他。

"没什么。只不过人上了岁数，事儿经历得多了，容易回忆过去。人的一生相遇相见、相识相知，乃至擦肩而过的人很多，这都是我们的缘分。但愿这份缘长留心间，成为美好回忆。在粥馆做工那几年，与你们几个人交往，我感觉这是我一生最快乐的时光。"万山说得很动情。

的确，身边有几个知心朋友，人生路上不寂寞。

攀谈了大半天，一句关心万山的话都没问，我看看万山清澈如水的眼睛，问道："你现在过得怎么样？有什么打算吗？"

万山淡淡地说："没有什么打算了……岁数有点儿大了，不愿出去做工了。住在这里挺好的，安静、悠闲。"

我掏出衣兜里所有的钱送给万山。他拒绝了，说："白云每年都寄钱，我不需要。她执意给，还说'这是我应得的，在粥馆做工几年，没拿过工资'。其实，我这里有饭吃、有衣穿，根本用不着钱，我都替她捐给家乡了……"

万山看看太阳，拉着我的手说："时间不早了，饿了吧，请你吃粥。"

我估摸着王义他们该下山了，于是推辞说："不饿，我还要赶回去，有朋友在等我。等有机会，一定吃你亲手煮的粥。"

万山目送我远远地离去，久久不回头。

（四）

从伏牛山回来，一切如故。

吃饭穿衣、上班下班，日复一日、年复一年。人生平庸，工作平淡，生活平静，就如拉磨的驴——转了一圈儿又一圈儿。有时我特别羡慕王义，敢于选择，也敢于放弃，虽然不计后果，但至少人生不是一条直线。有几次，我拍拍胸脯，鼓鼓肚子，打算振衣而去，寻觅一方安静之所，读书养花，纵情山水，不问世事。可是照照镜子、问问内心，怯懦如闪电一般已将我捕获。我不得不承认，我是尿包一个!

这一天,我上班没有迟到,领导却找我谈话。我抬着头,挺着胸,推开领导的门。但是内心依然忐忑不安,因为我已多年未得领导"召见"。

领导看见我,眼一眯、嘴一笑,鼓起的脸蛋像是两块煮熟的猪头肉。一开场就表扬我学历高、素质高,有能力、会创新,是单位的骨干力量。把这一堆的好词砸在我的脑袋上,我心里开始发慌,额头上直渗汗……我有那么好吗?领导葫芦里卖的什么药?

几句话后,领导话锋猛转,告诉我,你专业是农学,在管理单位无用武之地,农村天地宽,还是到农村尽情施展才华吧。正好单位有扶贫任务,你就代表单位驻村扶贫吧。

我心里直骂娘。短短几分钟,让我如坐过山车一般。不就是驻村扶贫吗?用得着这么七拐八拐、抑扬顿挫吗?

帮扶的村叫庙南村。临走之前,我告诉了王义。

王义很激动,在电话里大声说:"全力支持你。努力干点事儿,对得起乡亲们。"

我明白,他和我一样想起了往事。

大二暑假,年少单纯,做事认真,为得到第一手农研资料,我和王义深入太行山采集标本。回家的路上,走失了方向。抬头看看耸入云端的群山,我们犹如置身迷宫一样。王义指着最高的那座山说:"站得高,望得远。爬上去,准能找到路。"

山上植被茂密,郁郁葱葱,我们一头钻进去,艰难前行,不时被荆棘划破口子,渗出血来。更让我恼火的是穿着一双凉鞋,脚底一出汗，像是抹了一层奶油，一步三滑，趔趔趄趄。爬过一块大石头时，我猛然用力，嘣地一下，鞋跟居然掉了下来。我捡起那只残废的鞋，望着不知尽头的山巅，真想大哭一场。王义回过头来，抹一把脸上豆大的汗珠，解下腰带，扔给我一端，说："我拉你。"

一前一后，他快我慢。王义牵着我就像牵着一只狗，常常猛然用力，让我摔跤。我光着一只脚踩在沙石上，硌得我钻心疼。我不时地向他大喊："你疯了，走那么快！"

就这样，连滚带爬，大半天的时间，我们终于到了山巅，一眼望去，群山连绵，无边无涯，根本看不见路。我又累又饿，一屁股坐在地上，绝望地问王义："我们困在这荒山野岭里，会不会饿死？会不会被野兽吃了？"王义淡定地说："找不到路，出不了山，极有可能。"我的眼泪哗哗地流了下来。

"那边有人！"王义突然大喊，顺着他指的方向，一方黑色大石板上，一个身着白色T恤的姑娘望着远方。我和王义在绝望中看见了救命稻草，疯了一般向那位"救星"冲过去。

王义上前说明情由。这个姑娘与我们年纪相仿，看到我们狼狈不堪的样子，笑嘻嘻地说："你们城里人不知山路。在山上只能看见山，看不见路；顺着水走，才能找到出路。你们看，山下那条小河。"顺着她的手指，果真看见一条弯弯曲曲，泛着粼光的小河。"沿着河水往前走五里路，就是我们村，再走十五里路，就是我们乡，乡里有到城里的车。走吧，我带你们下山。"

我第一次听说这样的道理。但是顾不得多想，我们就跟着她下山。我手里提着一只鞋，一瘸一拐地跟在她后面，肚子饿得咕咕叫。王义伸长脖子，一脸饿相，像霜打的茄子，一步三晃地走着。

她回过头看看我们，从肩上的小布包里掏出一块手帕，里面包着两块烙饼。"你们饿吗？这是我带的午饭，你们吃了吧。"我和王义看见大饼，两眼直发光，顾不得客气和感谢，抓起烙饼就往嘴里塞。

我吃到一半儿，忽然想起这是她的午饭，望着她的眼睛问："那你吃什么呀？"

"我不饿。"她莞尔一笑，"我爸爸是这的护林员，今天我替他。"随即，她又脱下一双黑色布鞋，扔给我，你穿上试试。"

"那你呢？"我有点儿不好意思。

"前面不远处，有棵大柳树，我可以编双草鞋穿。"她爽朗地回答。

她鞋小，我脚大，趿拉着跟在她和王义后面。

这个姑娘就是白云。多年来，我一直感恩她的慷慨相助。

大巴车一路颠簸到达庙南村。村委书记老白热情地接待我们。食宿安排妥当后，老白带领我们走访贫困户，了解村里基本情况。

我问老白："你们村为什么叫庙南村？"

老白憨憨地回答："准确的说法，不知道。村北有座山，形状像只王八，山脚下有个古庙，大概是因为这个。"

我没有追问，跟着老白在村里走了五天，耕地、林木、户籍、人口、收入等掌握得一清二楚。

乡里组织我们开会，研究庙南村脱贫路径。一连十来天，分析来分析去，没有一个明确的思路。老白清清嗓子说："后娘出门送包袱——虚的多，实的少。脱贫很简单，有钱挣就能脱贫。乡亲们很勤快，有挣钱的活儿，我们就干。"

乡领导说："老白说得比唱得还好听。想干活儿挣钱，先得有产业；要想有产业，得有人来投资。庙南村在这个山旮旯里，谁来投资？"

"外人恐怕指望不上。我们村在外面做买卖的人不少，各行各业都有，请他们回来投资。这些人的根儿还在村里，会回来的。"老白一边说一边掏出一份名单让大家看，白云的名字赫然在上面。

啪的一声，乡领导一拍桌子，"好，就按老白说的办。这些人既有投资的钱，又了解外面的市场，还对村里的情况熟悉。大家分头联系，咱们试一试，看看效果。"

我负责联系白云。日子定好后，十几位创业有成的老板从不同的城市赶回来。大家齐聚一堂，七嘴八舌地讨论投资项目。我端给白云一杯茶，笑着说："上次你是主人，我是客人，你照顾我；这次我是主人，你是客人，有什么需要尽管说。"白云开玩笑说："山不转水转，这次相遇，我是投资商，你是招商的，要看你的服务好不好。"我忙不迭地点头。

几天后，大部分老板有了投资方向：有流转土地，投资特色蔬菜的；有利用闲散劳力，投资家庭手工业的；还有利用天然林场，投资林下经济的……白云想来想去、选来选去，没有一个合适的投资项目。我劝白云："没有合适的项目就不用投了。"白云不同意，坚持为村里的脱贫工作做点儿什么。

这一天，一个姓韩的老板邀请白云合伙投资乡村旅游。他鼓动白云说:"现在乡村旅游是一个热门投资项目,城里人周末游、短途游已成为时尚,市场非常大。咱们村村北有山,村南有河;山上有庙,河中有鱼;山像乌龟,河像玉带。小时候听老人讲,那古庙还是明代修建的。有山有水,又有文物,发展旅游一定可以。"

白云心中没底,一连几天,问张三、问李四,各个"参谋"莫衷一是。她还是拿不定主意。

B城市打来电话,"黄耳"这款养生粥要授权加盟商,需要白云参加授权仪式并签署协议。回村里一趟不容易,走了吧,这里还没选定投资项目,无果而终;不走吧,粥馆的事又不能不处理。我看白云犹豫不决、左右为难的样子,对她说:"你先回B城市处理粥馆的事吧。投资不是小事,先搜集点儿资料,研究研究,再做打算。"白云点点头,对于韩老板的邀约,也没有同意也没有拒绝,匆匆回了B城市。

(五)

白云走后,很久没有消息。我心想:"在村里投资,白云只是一阵心血来潮,说说而已。在商业圈里摸爬滚打这么多年,恐怕白云不是过去的白云了,早已熏染成一个成熟的商人了。商人,无利不起早。在这穷山村里投资,哪有利润可图?再说,乡村旅游投资额很大,白云一个开粥馆的,能挣几个钱?能投资得起吗?"

村里的扶贫，有没有白云都一样，一切工作照常推进。一些老板与村委会签了协议，分批投资，发展产业。乡亲们有活儿干，有钱挣，忙得不亦乐乎。脱贫路上，庙南村迈开了步子。

国家扶贫政策力度也在加大。县文化局拨下一笔钱，村里修缮了文化广场。傍晚时分，我到老白家汇报。老白正坐在炕桌边，眯着眼，敲着碗，唱小戏，喝小酒。我拉拉他的衣角，告诉他："戏楼修好了，农闲时间，乡亲们有地方搞文艺活动了。"

老白睁开眼，酒意微醺："村里没有几个会文艺的，都是一群土包子。这亮堂堂的大戏楼，没人唱、没戏唱，瞎了。修戏楼，也算是村里的一件大喜事。要不联系个上档次的戏班子，唱上两天，让乡亲们热闹热闹。"

请戏班子唱戏，我脑子里转了几圈儿，想到了王义。我拨通他的电话，说明情况。王义爽快地说："我早有这个意思。马上向剧团领导申请，免费给乡亲们唱两天，让我尽份心。"

王义带着剧团如期而至。我和老白热情接待。大戏热热闹闹地唱了起来。乡亲们像过年一样，喜气洋洋地聚在广场上。

压轴戏是《勘玉钏》。不懂戏剧的我也挤在台下凑热闹。主人公俞素秋上当受骗、不幸失身，凄凄切切地哭诉着，以生命的代价捍卫忠贞不渝的爱情。随着剧情的变化，我的心好像是上了吊，绷得紧紧的，正为俞素秋多舛的命运唏嘘不已，白云打来电话。她兴冲冲地说："投资项目，我已想好了，在村北的土地上栽种水果。一会儿，我到了村，再详谈……怎么这么热闹？是不是村里唱戏呢？"

什么？一会儿到村。我支支吾吾地回答她："是……是唱戏。山沟里的小戏班，没什么看的。"

白云真是赶得巧。早不回、晚不回，偏偏王义在村里唱戏你才回。两个人见了面会不会尴尬？会不会认为这是我故意安排的？那一年，因为我的推荐，王义才到粥馆工作，两人才有结婚又离婚的波折人生。对于这段婚姻，白云心里到底怎么看待？是不是认为当初自己受骗了？是不是一直埋怨我？这一次，两个人见面了，又会发生什么呢？

想到这里，我霍地站起来，嘱咐老白照顾好剧团。然后，匆匆来到幕后，找到王义，黑着脸说："唱完了，赶紧走。"

王义抬头看看我，一脸蒙："演出结束后，吃完饭才走呢。"

我应了一声，急忙往村口赶。既然请不走王义，那就拦住白云进村。

在村口遇见白云，不由分说，我带上她就往村北走。白云嘟囔着："好多年没在村里看戏了，我想和乡亲们一块儿热闹热闹。"

"没什么意思。几个大花脸好像火烧了屁股、铁锤砸了脚，又蹦又跳、'咿咿呀呀'地瞎叫唤，听不懂、没意思。"我应付着白云，"还是先到村北实地考察投资项目吧。韩老板已投资了农家乐，就差你一人了。"

白云笑笑，无奈地跟着我走在村北的土地上。"我记得小时候，村北有一片苹果树，又大又红，很好吃。这片土地应该适合种植水果。"白云说道。

"栽种水果，关键是销路。"我提醒她。

"我有呀。现在粥馆有十家直营店，再加上加盟店，共二十六家。吃粥的、看书的、练字的，免费赠送果盘。每天水果的消费量很大。一直以来，我都从批发市场购买，随着季节变化，价格高低不一。现在，我想自产自销，一方面能为村里做点儿事，另一方面也能保证粥馆的水果供应。"白云一边说一边掏出一份投资项目计划书。

我翻了几页，非常详细。这段时间她一定下过不少功夫。

"你考虑过成本吗？"我问她，"流转土地、栽种管理、仓储运输等都要产生费用，会不会增加粥馆运营成本？"

白云沉吟片刻："我详细测算了，应该不会增加很多。乡亲们可以用土地、劳力入股，减轻我的前期投资；水果仓库建在村里，减少我的运营费用；每周通过物流运输一次就可以。你是学农的，在土壤、栽种、品种等方面，替我参谋参谋。"

"没问题。"我抬头看看前面，爽快地答应。

不远处，就是乡亲们所说的王八山，孤零零地趴在那里，真像一只刚出水的乌龟。伸长的龟头仰天而起，圆圆的龟壳像一只倒扣的巨大黑锅。

"山下原本有座庙，那一年下大雨，冲毁了。"白云一边说一边看看太阳，"天不早了，咱们回村吧。"

村里的戏还没结束，隐隐约约还能听见唱声。我第一个念头就是设法再拖住白云一会儿。

"咱们去看看那座庙吧。"我提议。

"已经没有了。"白云不情愿地回答。

我执意往前走，她还是跟了来。

庙址上一片荒凉，杂草丛生，已将小路淹没。偶尔，一两只小松鼠从脚下蹿出来。我拨开杂草，看见一些散落的残垣断壁。

"这个庙有名字吗？住过人吗？"我问白云。

"应该没有名字，自小没听人说过。但住过人，万山就曾住在这儿。"白云淡淡地说。

提起万山的名字，我心头一震："原来你和万山是一个村的。"

白云摇摇头："他从哪来的，我不知道，应该是从山外面来的。我记得，他们一共六个人住在这里。万山就是做饭的那个。不知道什么原因，当年他们天天吃粥，万山也天天煮粥。我和弟弟常常在这里放牛、割草。久而久之，我们就熟悉了。当时我家生活条件不好，妈妈去世后，爸爸做饭很难吃，有时吃不饱。万山时常拿一些粥给我和弟弟充饥。"白云拔下一根白草，衔在嘴边，望着远方，动情地说："万山是一个心地善良的人。他和村里所有人相处得都很好。那时候，交通不方便，消息也闭塞。他常常从山外面带回一些有趣的消息，也给我们这些小孩子带些好玩的东西。"

"万山是出家人吗？"我问。

"好像不是。这个庙冲毁后，万山就在县城的一家饭店打工。"白云触景生情，似乎想起了许多往事，泪花悠悠地在眼睛里打旋儿。"那个时候，万山经常鼓励村里的孩子们走出大山，到外面去，才有出息。他说：'顺着山走，再高，也摸不到天；顺着水走，才能看见大海。山间的溪水围着大山千环百绕，最终还是要流出去的。'所以，我和同伴们一样，都憧憬着外面的世界。可惜，没能考上大学，我走出大山的希望就破灭了。后来，爸爸不顾我的反对，生拉硬拽给我定亲。要不是万山帮忙，恐怕我是拗不过爸爸的。他一边劝说爸爸，一边给亲戚朋友写信，帮我找工作。我的第一份工作在 B 城市，就是他的一个远房亲戚介绍的……"

我知道，此刻此景，已经打翻了白云心灵深处尘封往事的瓶瓶罐罐，触及了那一段段不为人知的苦涩而又心酸的往事。但是，我真的不是故意的。我只想拖延一会儿时间，避免她和王义见面。

白云，一个不被命运所折服的女人，走出穷苦的大山，在城市创下一片天，真的不容易。我能体会到她一路走来的艰难。我轻声劝慰她："一切都过去了，现在不是挺好吗？而且我们的日子会越来越好。"

太阳挂在西边，已慢慢红了脸。村里偃旗息鼓、鸦雀无声了，我估计王义已经走了。在铺满夕阳的乡间小路上，我和白云一前一后，默默地回了村。

（六）

古人说，时间好像河中的流水，一刻不停，昼夜而逝。但我更觉得时间好像是带着刀刃的旋风，人在其中被旋转得晕晕乎乎，大好的青春被一刀一刀地划掉却浑然不觉。

一眨眼工夫，我在庙南村扶贫已经三年了，鬓头长了不少白发。虽然没有干出轰轰烈烈的大事，但是村里的路、水、电等基础设施正在修建，蔬菜园、养殖场、农家乐等产业效益也不错，乡亲们的钱袋子比以前鼓了许多。村北的水果园长势也很好，但是苦了白云。她在 B 城市和庙南村之间来回奔波。有几次，我劝她："别太辛苦了，放弃村里的项目吧。这里没有什么利润可赚。"可是她执意不肯。

"铁打的营盘流水的兵"。单位的扶贫工作要换岗，领导觉得我们很辛苦，决定换一批人驻村扶贫。我不得不恋恋不舍地离开庙南村。回到单位，我照常上班。东升西落，朔望交替，日子周而复始，生活忙忙碌碌。

这一天，白云来看我。她从后备箱里搬下几箱水果，对我说："路过这里，来看看你。"我欢天喜地地接待她。吃过便饭后，她就要离开。我劝她："好不容易来一趟，在这儿住一天吧。"

她苦笑着说："不行的。摊子铺开了，粥馆、水果园都离不开人。还要赶回 B 城市。"随后，她指着那几箱水果说："分给王义一些吧，让他尝尝。这么多年了，我没有来过这个城市，也没见过王义，你也没有提起过他。他现在过得怎么样？"

我笑笑说："在你面前，我哪里敢提他呀。他现在过得很好。岁数大点了，东跑西颠地下乡演出，已经干不动了。所以辞了剧团的工作，开了一家小型培训班，每天教教学生拉二胡，日子很悠闲。"

白云主动打听王义的状况。我想在她心里可能已经原谅了王义，或许是因为岁数大了，已经把过去的不愉快看淡了。

我挽留不住，只好送她离去，看着她憔悴的背影已是龙钟作态。手扶车门时，她突然停顿一下。

我跑上前去："云姐，怎么啦？身体不舒服？"

她回过头，笑着说："没什么，刚才有些腿麻，一会儿就好。"

"岁数不饶人，干不动了就撤吧，要注意身体，不要太累了。"我苦口婆心地劝她。

"没事的，放心吧。"白云说完，登车而去。

当时，我住在村里，隔三岔五就会帮助白云照顾水果园，为她分担不少工作；可是现在爱莫能助了。我能想象到她现在忙碌的样子，两边兼顾，来回奔波，铁打的身子恐怕也会出问题……

白云走后，我依旧过我的日子。转眼就到了冬天。今年的冬天似乎来得更早些。凛冽的北风一下子把城市围得水泄不通。大街上冷冷清清，偶尔飞过几只麻雀。要不是因为上班，谁愿意出门？大冷天的，上班赚钱，养家糊口，真不容易。

临近下班，我正准备回家，一个陌生电话打进来。那边瓮声瓮气的。起初，我认为是诈骗电话，随即就挂掉了。可是，不多久又打进来。他说："我是白云的弟弟，大姐病了，说不了话。"

我像是被电了一下，又像是临头泼了一盆凉水，抖了个激灵，马上打断他的话，急切地问："什么病？"

"医生说是脑出血。大姐想请你回来一趟，明天……"他怯怯地说。

"现在就去。"我挂断电话，驾车就走。

天已黑，前方雾茫茫的一片，路两边的树枝在寒风中瑟瑟发抖。我独自一人驱车三百多公里赶到庙南村。黑黢黢的群山脚下，庙南村静静地躺着，村前依旧流淌的小河腾起微微白气。

白云的弟弟，一个憨厚的汉子把我带到白云的卧室。昏暗的灯光下，白云侧躺在床上，凌乱的头发掩着半边苍白的脸。我真不敢相信，眼前的就是白云。我的鼻子一酸，泪水模糊了我的眼睛。我强抑住感情，回头问弟弟："看过医生吗？"

"在医院住了近一个月，病情稳定了，医生让回家吃些药，慢慢康复。"弟弟说。

白云听见我的声音，睁开眼睛，张开嘴巴，想说话却说不出来，只发出几个简单的声音，眼泪扑簌扑簌地流出来。

"大姐回村里指导乡亲们修剪果枝，突然犯了病，送到医院就成这样了。现在说话不清楚，半边身子也瘫痪了。"弟弟一边给我端茶一边说。

我握住白云的手，轻声说："云姐，不要说话了。好好养病吧。"

这几年，白云实在太累了，经营那么多粥馆，又发展水果园。而且更要命的是她的性格很要强，大事小事都自己亲自动手。身体怎么会吃得消呢？

她慢慢地挣脱我的手，用手指在被褥上吃力地划拉着，写出了王义和万山的名字。我忽然明白了她的意思，她认为自己这辈子再也没有能力经营粥馆了，让我帮她处理掉，把所有的钱收回来，分给王义和万山一部分，让他们以备养老。

我轻轻地问她："是不是这个意思？"她重重地捶捶床边。粥馆是白云一辈子的心血，也是她从山村到城市，一路走来，辛辛苦苦闯出的一片天。现在要卖掉，我能体会到她内心的痛苦。

　　白云心地太善良了。自己一病不起，落得如此田地，还想着王义和万山。我本想安慰她几句，好好养病，等病好了再回 B 城市经营粥馆。可是话到嘴边，又咽了下去。想起与白云交往的种种往事，我心里一阵翻腾，不是滋味。眼前的景象，让我难受地喘不上气来。我真想大哭一场，但是我又不想让白云看到。我拉着白云的手告诉她："我处理粥馆的事，你放心吧，好好养着，我还会来看你的。"说完，我拽拽弟弟的衣角，走到院子里。

　　"有人照顾白云吗？你和我一起去 B 城市吧。"我问弟弟。

　　"有人，我媳妇和两个儿女都在家，她们会照顾好大姐的。"弟弟说。

　　夜已深，大地正在酣睡，远方漆黑一片。不知何时，开始下雪了，米粒大小的雪糁唰唰地落着。我坐在车上，眼前不时浮现出第一次见到白云的情景：瓦蓝瓦蓝的天空飘着几朵白云，碧绿碧绿的群山中，三个少年欢快地走在下山的林荫路上……我打开车灯，踩下油门，在空旷而寂静的山野上，向 B 城市驶去。

　　《路边遇见你》发表于《荷花淀》2019 年第 1 期

创业的天

（一）

天是好天，心情却不是好心情。

阳光挤进窗户，一束饱满的暖意钻进了叶广的胸膛。春天快来了。叶广却无心春意，伸长脖子，眼巴巴地望着远方。

他在等人，准确地说，是等钱。三个月前，他辞职了，工作没了，收入也就没了，关键是积蓄也不厚实。这年头儿，丢份工作，事不大，也不小，但不要命。要命的是他老妈这个时候躺进了医院的 ICU，花钱比流水还快。此时此刻，叶广的心情，一会儿像热锅上乱爬的蚂蚁，一会儿像冰窖里乱窜的老鼠。

还好，杨锐雪中送炭，带来 5 万块钱。杨锐和叶广是战友，两个人曾经一起扛枪、一起站岗，同吃一锅饭、同睡一张床，铁一般的兄弟情。

记得退役那会儿，杨锐举杯相邀，叶广、大齐、小郝应邀参加。在酒桌上，几个人回忆往昔的峥嵘岁月，展望未来的精彩人生，豪情满怀、踌躇满志，大碗喝酒、大口吃肉。喝到八分高，杨锐醉醺醺地说，兄弟们还缺"大秤分金银"。

一句惊醒醉酒人。

几个人面面相觑，摸摸鼓鼓的肚皮，又摸摸瘪瘪的口袋，"缺钱"好像是大家的共性。

杨锐接着说，在新的人生起点上，天地广阔，我们何不一起创业赚钱，一起追梦远行？

就这样，几个毛头小子在推杯换盏中，就商定了开一家公司。

公司成立了，可是资金、技术、经验、销售等，万事不备。面对激励的市场竞争，一个回合，就被挑落马下，输得精光光。不多久，好好的一家公司就被冰硬的现实，活生生地打成了一具"僵尸"。

叶广、大齐、小郝几个人眉头紧锁，没精打采，好像明天的太阳不出山了。唯有杨锐无动于衷，不慌不忙地宣布：散伙！他还作了最后总结：老班长教导我们，面对强大的敌人，打得赢就打，打不赢就走。开公司也是一样，开下去便开，开不下去就关。现在，我们这个团队化整为零，各自养精蓄锐，积蓄力量，几年后，卷土再战，再战必成。说到最后一句话，杨锐举起拳头，猛地一挥，很有当年老班长的影子。

公司关了，大家只好各回各家，各谋生路。杨锐的老爸是木匠，子承父业，在镇上开了一爿木工坊。叶广的老妈是退休工人，无业可继，在街道退役军人服务中心的帮助下，应聘到一家商贸公司做销售。大齐、小郝回到了农村，种粮的种粮、种菜的种菜。大家的日子虽然过得不富裕，但彼此平淡安好。

可是，人生不是直线。叶广失业了。那一天，老板开大会，宣布了一个重要决定，公司要北迁开发区。好好的，为什么要迁厂？叶广想不通。老板却讲了一套"高深"的理论，地区协同发展政策是一服专治阴阳调和的"药"，胖的要减肥，瘦的要吃肉。我们公司在 S 市，就是吃肉的对象。但是，公司的牙口还不好，有肉吃不动。迁到开发区，就是为了借助那里的优势资源，换装备、换牙口，抓住机会，大吃一顿。

老板的"理论"讲得云山雾罩的，叶广并没有听明白。但是从销售的角度看，地区协同发展政策实施以来，特别是这两年，公司的业务与北京的市场联系越来越紧密了。老板又强调了最后一句话，所有员工去留自便。

叶广暗自叫苦，如果随公司迁走，开发区离家太远，多病的老妈无人照管；如果不随公司迁走，就不得不辞职。

（二）

手机铃声响起来。这两天叶广的电话特别多，全是亲戚朋友询问妈妈病情的。这个电话是小郝打来的。他说，伯母住院，应该亲自去看看，但是家里有点儿事，实在离不开，通过微信转点儿钱，表达一下心意。叶广几番推托。他心里明白，小郝在农村讨生活，赚钱不容易。可是，小郝执意转了 3000 块钱。

叶广点开微信，正要收钱，一袭白衣翩然而来，一个俏丽的小护士递来一张纸条："叶先生，患者已欠费，麻烦你，抽个时间，再交点儿押金。"小护士说得和风细雨，叶广接过交费通知单却有千斤重。他心想，难道这小护士会掐指算命？早不来、晚不来，钱一来，账就来。

他无奈地挤出几丝苦笑，去楼下交钱。一边交钱，一边扭头看看医院的大门口。他在等杨锐。答应送钱的，为何迟迟不来？

心情乱糟糟的叶广又听到了手机声。他接通电话，意外的是街道退役军人服务中心打来的。那边说："根据大数据监测，你好像辞了工作，现在是待业状态。"

叶广用沉默表示肯定。那边继续说："如果你想就业，我们可以帮你推荐工作；如果你想创业，我们也可以帮你。这两年，像你这样的退役军人，越来越多地选择了创业。"

不知哪根神经搭错了，一直没说话的叶广突然冒出一句："创业干吗？"打断了那边的喋喋不休。话出了口，叶广才意识到，刚才说了一句傻得不能再傻的话。

那边愣了一下，又笑着说："当然是为了赚钱养家呀，也可以让自己的人生更有价值。你再考虑考虑，如果有创业的想法，我们可以帮你推荐创业导师。"

此时的叶广，既无心就业，更无心创业，简单地聊了几句，就草草地挂了电话。

天已经黑透了，杨锐终于来了。他手提肩扛，大包小包带了三四个。叶广不明白，5万块钱，还用那么多包吗？

不过，他还是起身迎了出去。

杨锐却从衣兜里摸出一张银行卡递过来，说："钱在里面，不够了，我还有。"

杨锐又问："伯母怎么样？"

叶广说："还没问医生。"

杨锐拉起叶广的手，去找医生。

医生说："今天病情大有好转。再观察两天，就可以转到普通病房了。"

两个人欣喜万分。特别是叶广，好像吃了一颗"还魂丹"，眼放光了，人精神了，也感觉饿了。他马上从柜子里掏出面包、火腿、泡面，请杨锐吃饭，为杨锐接风。

两个人在医院边吃边聊。杨锐说："这次来就不走了，行李都带来了。"

叶广有点儿惊讶："让我养你？养不起的。"

杨锐说："谁让你养。我要创业。你失业在家，正好和我一起创业。"

叶广吞着一口面，惊讶得差点儿噎住，咳嗽两声说："还创业？你上次是喝多了才创业。今天没喝酒呀。"

杨锐却笑着说："这次是认真的。我考虑了好长时间，才下定决心的。上次创业失败，主要原因是不获天时。当前，境况大不一样了。协同发展就是最好的天时。有人说，协同发展来了，瞎子跌跤，就能捡起一块金子。"

叶广当然不屑，撇着嘴说："大马路上，我跌过几次，睁大眼睛，也没能捡一块。"不过，他还是了解杨锐性格的，属驴的，犟得很，认准的事，拦不住。叶广只好对他说："别着急，慢慢来，先安顿你住在我家，再找一名创业导师，跟人家学学，了解了解行情，最后再决定是否'下水'。"

（三）

创业导师是街道退役军人服务中心推荐的，是个女的，叫程莉。因为叶广还要照顾妈妈，杨锐只好独自一人去市戎创中心与导师见面。

程莉正在办公室埋头工作。

杨锐推开门，哈哈腰，大声说："老师好，我叫杨锐，向你报到。"

洪亮的声音吓程莉一跳。她看看眼前这个脸色黝黑、目光坚毅的男人，扶扶眼镜，定定神，说："为什么不敬礼？"

杨锐又大声说："你是老师，不是班长。"

程莉竟然一时语塞，不知如何回答。在她心里，只要是当过兵，无论在役退役，见到尊重的人，就应该敬礼。因为爸爸是退役军人，言传身教，见得多了。

程莉低下头，翻翻桌上的资料，说："街道办事处提供了你的基本情况，你不仅是一名退役军人，还是一名中共党员，为什么没戴党徽？"

这真是一针扎在"死穴"上。杨锐早上出门急，换了一套西服，忘了戴党徽。他红着脸，低下头，没说话。心里想：这娘们儿不好惹，眼尖心毒，报仇不隔夜。

办公室里一片寂静。还是程莉先开口说话："看你的简历，你是一名农村小木匠，请介绍介绍你的木工坊。"

杨锐回过神来，纠正她说："不是作坊，是工厂，有场地、有设备、有师傅，关键还有市场。这些年，实施脱贫攻坚，乡亲们的日子好了，搬新房、娶媳妇、置家具，也成了常事儿。"

程莉反问道："既然生意好，干吗还来这里创业？"

杨锐笑着说："这不是国家在实施协同发展战略吗？我瞅着有机会，也想参与参与。"

程莉追问道："如此说来，你是做了功课的，对协同发展有研究。那么，你回答我三个问题，协同发展就在我们身边，你看到了什么？"

杨锐瞅瞅窗外，和往常一样，街边高楼林立，人来人往，一条条马路像又黑又长的腰带。

程莉又问："你听到了什么？"

杨锐闭上眼睛仔细听，只有程莉的肚子咕噜咕噜叫，是早上没吃，饿的？还是着凉了，要放屁？

程莉再问："你想到了什么？"

杨锐的脑子转得飞快，可是没想起什么。脑海里只蹦出了一个念头，这娘们儿葫芦里卖的什么药？让人摸不着头脑。

三问三不知。程莉说："出门右转，下三楼，那里是图书馆，天天都有协同发展的报告会，学习半月后，再来见我。"

就这样，杨锐的第一堂课就结束了。

走出门，才看见，原来程莉办公室的门口还挂着一个牌子——德军家具公司驻S市办事处。

杨锐盯着这块牌子，狠狠地给了自己一个大耳刮子。"知己知彼，百战不殆""不打无准备之仗"，这些话是老班长反复教导的，也是杨锐常常挂在嘴边的。可是这次连人家的"番号"都没搞清楚，连人家是干什么的都不知道，就向人家"讨教功夫""切磋武艺"，这不是自取其辱吗？怪不得这堂课上得这么窝囊，怪不得被一个女人问得哑口无言。

杨锐挠挠头，悻悻而去。不过，他没去三楼图书馆，而是去了戎创中心办公室，他想了解了解这个德军家具公司到底是何方神圣。

（四）

    原来，程莉的爸爸叫德军，在上海创立了德军家具公司。协同发展战略实施以来，爸爸敏锐地觉察到创业者的一片广阔蓝图即将徐徐展开。随即，父女俩商量，爸爸主持上海的公司，女儿到 S 市，依托公司资源，开拓京津冀市场。

    可是，事不遂愿。南北方在温度、湿度、文化、习惯等方面存在差异，德军公司的家具有点"水土不服"，关键是运输成本也不低。程莉出师不利。爸爸提出建议，志不变、思路变，寻找一名有基础的合伙人，创立一家新公司，嫁接当地的优势资源，以新公司开辟新战场。爸爸还嘱咐，合伙人最好是退役军人，信得过、好沟通。

    半年来，程莉一直寻找合伙人，但是没有合适的。直到街道提供了杨锐的材料，她才感觉这像自己的"那盘菜"。所以，程莉提出了三个问题试探杨锐。但是，这下可把杨锐苦坏了。这小子，脑子一根筋，不弄个一清二楚，绝不回头。

    叶广看他没日没夜地查资料、听报告、记笔记，问他："你是不是魔怔了？"

    杨锐说："三个问题很深刻，弄不明白，怎么创业？"

    叶广说："自己不明白，可以问问别人。老班长在海南岛开公司，老板的思路，总有相通的地方，何不问问他？"

    一亮，立即拨打电话。

不巧的是，老班长正在陪同岳父喝酒，迷迷糊糊地说："这是什么问题啊？莫不是这姑娘看上你了，故意试探你。你对她说，我看到你的美丽与聪明，我听到了我的心跳与心声，我想到了我们华丽的洞房和美满的一生……"

杨锐咬着牙听完了电话，摊开双手，一脸失望地看着叶广。这是什么答案啊？如果这么回复程莉，这不分明是庙里的木鱼——找揍吗？

叶广却笑着说："老班长娶媳妇，不知媳妇美不美，酒是喝美了。"然后接着说："莫灰心，我问一个人，他准行。"

叶广所问的人就是商贸公司的老板。听说，公司搬到开发区后，乘着协同发展的东风，在短短的时间里就研发了几款新产品，还招聘了几百人。

叶广拨通电话。老板兴奋地说："听到你创业，我很高兴。这说明我又培养了一名人才，也为我的营销打开了一扇新大门。等你的公司开业，一定要用我的产品哟。"

叶广有求于人，当然满口答应。

老板说："就这三个问题，简单。你对她说，看到的是满园春色，听到的春雷阵阵，想到的是雨后春笋。"

叶广问，什么意思？

老板解释道："古人讲，一阴一阳谓之道。阴阳相抱，才会雷雨俱来。大地有水，万物才会生长。是不是这个理儿？"

叶广点点头。

老板又说："实施协同发展，就是让三个地方打开门子，相互拥抱，融合发展。相互融合的过程也是阴阳相交的过程，一定会春雨润物细无声，也一定会诞生新的市场和新的业态。所以说，协同发展就是当空一声春雷，带来的只能是大地复苏，万物萌生。"

老板越说越有激情，扯着嗓子说："你小子若是不信，来开发区看看，这里到处是热火朝天的景象，各行各业都在谋划布局自己的产业。"

对于老板的话，叶广不知是信还是不信。但是杨锐好像很受启发。

（五）

半月之期到了。因为叶广的老妈出院了，叶广无所事事，所以和杨锐一起见程莉。

程莉穿着深色套装，戴着黑边眼镜，面庞清秀，眉目传神，浑身透着一股江南商人的睿智与精明。

趁着程莉泡茶的空当，叶广碰碰杨锐的脚，低声说："美女啊！"

杨锐板起脸，瞪他一眼，想正经事——创业。

三人坐定。杨锐掏出三大本笔记，滔滔不绝地向程莉汇报学习心得，特别是对阴阳互抱的"高论"，丰富了不少数据案例，还进行了系统论证。

程莉打断他的话，笑着说："看来，下了不少苦功夫，不仅搜集了资料，还进行了思考。其实，对于创业者来说，置身于协同发展之中，看到的是春天的生机，听到的是夏天的火热，想到的是秋天的硕果。"

杨锐和叶广一脸懵懂，竖起耳朵听她讲。

程莉呷口茶，说："为什么是春天呢？因为协同发展带来了难得的机遇。机遇就蕴藏在产业链上。一般来讲，成熟的产业链，上下游之间像木工的卯榫一样，凹凸结合，紧密相连。对于势孤力单的创业者来说，即使削尖了脑袋，也不一定能挤进去。但是协同发展却打开了一扇门，有的产业需要升级，有的产业需要外迁。无论是升级的还是外迁的，都会带来产业链的重新拼接和市场要素的重新配置。这无形中就降低了市场的门槛，也为创业者提供了机遇和空间。"

杨锐听得入神，追问道："为什么是夏天呢？"

程莉说："热土呀！在协同发展的大背景下，一些地方，包括S市，从上到下，到处洋溢着干事创业的激情。各级政府在优化营商环境、服务市场能力等方面也会与北京看齐。我相信，不久的将来，这些地方一定会成为创业者'逐鹿中原'的大舞台。对于我们而言，只要立足自身优势，把握未来形势，坚信创业梦想，一定会获得秋天的累累硕果。"

不得不承认，程莉的口才是蛮不错的。这一顿"忽悠"，杨锐早已热血沸腾，不由得鼓起掌来。就连叶广，也好像对创业有了信心和兴趣。

程莉又趁势分析了家具行业在上下游产业链中的突破路径、市场情况以及未来前景。

对这个话题，杨锐更感兴趣，连声说："对、对、对，程老师看得透，讲得好。这正是我所琢磨的创业项目。"

程莉最后谦虚地说："这只是我自己的理解，但是真的要创业，还需下一番苦功夫。"

杨锐说："苦不怕，只要有思路，我就干。"

看到杨锐坚定的信心，程莉趁机表达了合作的想法。

还没等程莉说完，杨锐霍地站起来，激动得头发都竖了起来，连声说："好，好，我有合作优势，在这十里八乡的，我的木工手艺是最好的，不信，你打听打听，我做的寿木，哪个睡着不舒服？我做的婚床，谁家不生儿子？"

杨锐脑袋一热，说话不知轻重，什么话都敢说。叶广急忙扯扯他的袖子。

程莉却笑着说："终于承认你是个农村小木匠了吧！"

（六）

程莉汇报了 S 市的情况，爸爸表示全力支持。合作正式开始。可是，二十多天过去了，程莉和杨锐两个人却闭口不谈合作的事，成天结伴而出、结伴而归，办公室只剩叶广一个人。

叶广纳闷儿了，问他俩："你俩忙啥呢？"

杨锐搓搓腰、捶捶腿，倚在沙发上，一脸疲惫地说："生孩子容易，养孩子难啊！"

叶广吃了一惊，一脸坏笑地说："你俩生孩子了？"

程莉唰地一下红了脸，指着叶广说："别胡说。"

杨锐却耷拉着眼皮，半笑半恼地说："我俩累得要死要活的，你小子却说风凉话。程老师的创业计划是先做市场，再做公司。这些天，我们一直在调查市场。现在注册一个公司还不容易吗？戎创中心、街道服务中心都可以全程代办手续。关键是公司成立后，如何活下去？如果没有市场调查，还不走了之前失败的路？走夜道骂阎王——死在半路上。"

然后，杨锐掏出一大沓子表格，对叶广说："今天晚上'罚'你加班，把这些数据汇总了。"

叶广自知理亏，努努嘴，干起活来。

这些数据再加上前期程莉和杨锐搜集的资料，对当前的市场情况基本上摸透了。随后，程莉组织杨锐和叶广，钻进一间办公室，没日没夜地筛选数据，分析市场，推演公司运营模式，把能想到的问题都想了，并且有针对性地作了预案。

这些工作做完，对于创业的感觉，杨锐和叶广好像哑巴吃糖豆——心里有了数，对程莉也越加佩服了。

又过些时日，公司正式成立了，取名为瑞丽家居股份有限责任公司。程莉从上海调来了一批设计研发人员，杨锐对乡镇的木工坊进行了改扩建。由于前期的市场准备，公司一开张就有效益，订单接二连三地飘来。

程莉、杨锐露出了灿烂的笑容。特别是叶广，那个喜悦劲儿别提多高了。他不仅担任了公司副总，还获得了一定股份，从一名失业人员摇身一变成了老板。第一次发工资后，他还做了一个详细的还账计划。

这一天，公司要招工，扩大规模。杨锐对叶广说："我很惦记大齐和小郝，他们在村里讨生活不容易，趁这次招聘，请他们到公司上班吧，好兄弟，一块干。"

叶广也想念他们，立即打电话，邀请大齐和小郝。

不几天，大齐就屁颠屁颠地来了。可是他既不懂业务，也不懂市场，憨憨地说："我当过兵，保安最适合。我可以一边工作，一边照顾伯母，让叶广更专心地投入到公司上。"

小郝却推托家里有事，支支吾吾、遮遮掩掩地说了一通话，未来公司上班。

杨锐分析道："他可能有些顾忌，怕咱们成了上次，公司经营不长，来了再回去，耽误农时。"

（七）

公司发展确实遇到了坎，像是鱼刺卡在了喉咙。多半年下来，订单虽然不少，但都是一些零零散散的客户，没有一个像模像样的大单子。

　　程莉、杨锐左思右想，一筹莫展。这一天，街道服务中心的领导突然造访，实地回访退役军人的创业情况。在交谈过程中，程莉敏锐地捕捉到一个消息，长裕集团乘着协同发展的政策红利，从北京外迁到了 S 市开发区，正在采购办公家具。

　　长裕集团是有名的大企业，如果拿下这个订单，够瑞丽公司吃一年了。程莉不敢大意，立刻召开紧急会议，动员大家说："这是公司开业以来，遇到的最大单子。我们要厉兵秣马，全力以赴，务必打胜这一仗。这不仅是公司抢占市场、壮大发展的最好时机，更是公司借势转型、提升品质的最佳路径。"

　　杨锐、叶广信心十足，带领几个业务骨干，一边与长裕集团的采购部门取得联系，一边准备标书，考虑了风格、材料、质量、价格、环保、服务等方方面面的细节。

　　可是招标结果公布后，瑞丽公司并没有中标。大家都垂头丧气，唯有杨锐一脸坚毅地说："我们输在哪里一定要搞清楚，死也要死得明白。"

　　叶广问："怎么搞明白？"

　　杨锐说："当然是问问长裕集团的决策层了。"

　　叶广说："长裕集团是大企业，像我们这样的小企业，很难接触到他们的决策层。"

　　杨锐说："事是死的，人是活的。明天你和我一起去吧。"

　　叶广心里有点儿胆怯，吞吞吐吐地说："不如你自己去。明天，我还有点儿事。这段时间，我又给小郝通了几次电话，他总说家里有事，也不知到底有何事。也许遇到了困难，我想亲自去看看。"

杨锐没说话，只好决定一个人去。

（八）

长裕集团果真是一家大企业，占地上千亩，光办公楼就好几座。杨锐来到公司门口，啪一下，保安标准地敬礼，面带威严地说："同志，你找谁？"

杨锐被问得措手不及，支支吾吾，一时不知道找谁。保安说："如果没事，请迅速离开，公司正在搞建设。"

杨锐吃了闭门羹，走出几步，才镇定下来，望着长裕集团的大牌子，心里想：进不去，只有返回去。但是返回去，这趟不是白来了吗？这好像不是杨锐的性格。他扭头又到公司门口，对保安胡诌一句："找销售部孙经理，我是你们的客户。"

保安让了路，杨锐顺利地来到总部办公区。

不料，又被公司前台拦住了。

一个腿长脖子细、浓妆艳抹的服务员，嗲声嗲气地问："先生，您有什么事？"

杨锐皱起眉头，咋这么多讨厌的"鬼门关"？随即，对服务员胡诌一句："找采购部严经理，我是他姐夫。"

服务员礼貌地说："请您稍等，我给严经理拨个电话。"

杨锐赶紧上前制止。因为他根本不认识什么孙经理、严经理。昨天晚上，浏览长裕集团的网站，记得有个姓孙的销售员，还有个姓严的采购员。刚才的胡诌八扯，全是为了蒙混过关。

杨锐急中生智，马上改口说："不用联系严经理，我先见见孙经理，我们是朋友，已经约好了，不用打电话。"

趁着服务员愣神的工夫，杨锐一边说，一边往里走，佯装对公司很熟悉的样子，匆匆上了楼。

没想到，在二楼拐角处，又被拦住了。

一位女士很客气地说："请问先生，有什么可以帮您的？我是董事长办公室王秘书。"

杨锐恭敬地递上公司名片，赔着笑脸，说："我想见见董事长，请您帮帮忙。"

王秘书接过名片，扫一眼说："有约吗？"

杨锐说："没有。"

王秘书淡淡地说："请先到会客室等一等，我请示一下。"

来到会客室，杨锐就像被扔进冷宫的女人，三个多小时过去了，依然没人问津。杨锐有些坐立不安，心里直打退堂鼓。

恰巧，王秘书路过会客室。杨锐急忙站起来，把脸笑成一朵花，央求道："请您帮帮忙，再请示一下，我只见一面。"

王秘书既客气又冷淡地说："董事长正在忙，没时间见你。"

杨锐说："只说几句话，不耽误董事长时间。"

王秘书没说同意，也没说不同意，转身去忙了。

杨锐不知是走是留。继续等下去，也许没有结果；若是不等，更没有结果。他无奈地叹口气，愣起神来。

接近中午时分，杨锐从门缝看到，五六个西装革履的工作人员簇拥着一位气度不凡的老头儿迎面走来。杨锐猜，这一定是集团的重要人物。他一个箭步冲出去，向老头儿深鞠一躬，麻利地掏出名片递出去，说："您好，耽误您半分钟时间，贵集团采购办公家具，我们公司没有中标，但是我想知道问题出在哪里，请您指点一下。"

杨锐在情急之中，不管对方是否听了明白，只管语无伦次地说。

那老头儿愣了一下，看看名片，又看看眼前这个诚恳的小伙子，笑着说："瑞丽公司，做家具的，我有点儿印象。你们公司做得不错，但是我们还是选中了另外一家。因为他们不仅是一家退役军人公司，而且还成立了各种组织，有党组织，还有工会组织。一般情况下，这样的公司都珍惜名誉，干事情、做产品有方向、有底线。我们也就多了一份信赖。"

随后，那老头儿拍拍杨锐的肩膀，说："小伙子，好好干，还有机会。"说完，在众人的簇拥下走远了，只剩下杨锐一个人怔怔地站着。

后来，杨锐才打听到，那老头儿就是长裕集团的董事长，也是一名退役老兵。

（九）

一个月后，瑞丽公司转型升级的实施方案公布了。从研发到销售，各环节都制定了多项措施。同时，还向戍创中心党委申请了非公经济组织党支部。

这一天，春暖花开，风和日丽，杨锐主持召开会议，因为他已被选举为党支部书记。叶广、大齐等9名党员戴着党徽，整整齐齐地列队参会。程莉作为入党积极分子也列席了会议。

杨锐说："这是支部成立后第一次全体党员会议，对于党员而言，有了组织，就有了家。今天的议题只有一个，学习党章和协同发展的有关政策，每名党员都要发言。我先带个头。"

随即，杨锐说："协同发展是党中央作出的重大战略决策，为我们提供了干事创业的广阔天地。过去，我汲汲于创业，无非是看准这片天地。然而，我却没有想明白一个问题，那就是：这'天'是谁的？这'天'是谁给的？这段时间，我深刻地反思了自己。走到哪，走多远，不能忘本。创业是一时的，党员是一生的。无论是否成功，都要牢记自己的党员身份。当前，公司还处在创业阶段，我们要在党支部的领导下，积极融入到协同发展中，跟着党一起创大业。"

大家热烈鼓掌，并依次发言。

最后，轮到了叶广。没想到，他提出了一个棘手的问题。

他说："过去，对于协同发展，我的认识没有这么深刻，也没想过创业，是程莉和杨锐带领我，走上了创业道路。可是，这段时间，我时常想一个问题，那就是：为什么要创业？难道仅仅是为了自己挣大钱、过好日子吗？我的内心告诉我，不是！我们的创业应该有更高的目标价值，那就是力所能及地帮助需要帮助的人。"

大家纷纷看向叶广。叶广有点儿激动，脑门儿上渗出了汗。他接着说："当初，我失业在家，妈妈生病住院，经济上出了问题，是大家帮我渡过了难关。特别是小郝，在自己异常困难的情况下，还向我伸出了温暖的手。"

提起小郝，叶广的声音变得低沉了，眼睛也泛起了泪花。前段时间，他去了小郝家。小郝出事了。可是，多年来，小郝一直瞒着大家，不愿打扰别人。那一年，小郝回到村里，种了几亩菜。可是，忙乎一年，挣不到几个钱。于是，他和邻居合计买了一辆厢式货车，跑运输，贩卖菜。效益虽然不错，但是日夜颠倒，太辛苦。一个不留神，出了车祸，小郝成了终身残疾。现在，一家老小靠政府的救济过日子。

叶广停顿一会儿，平复心情后继续说："一切向前走，不能忘记为什么出发。我相信，我们创业之路一定会走得更远。当前，公司成立了党支部，我们有了家，也有了前进的方向。所以，趁今天的会议，我建议在党支部的领导下，在公司里成立一个公益基金组织，尽我们所能，帮助一些需要帮助的人。"

叶广说完了。只有杨锐微微地点点头，大家没有表态，只是把目光纷纷投到了程莉身上。公益组织，是需要钱的。程莉不仅管着财务，还是公司大股东。

程莉也瞅瞅大家，扑哧一声笑出来："看我干吗？我的觉悟又不低。再说，我也不做主啊。嫁谁随谁，他同意，我就同意。"这个他指的就是杨锐。

杨锐眯着眼，一脸幸福。

大齐憨憨地说："怎么？你俩的关系又升级了？咋比公司转型升级的速度还快呢？"

大家相互对视，呵呵地笑起来。

叶广却伸出脚来踢踢杨锐，低声说："你小子，真是王华拾爹——捡了大便宜。"

《创业的天》发表在《唐山文学》2021年第4期

不远不近

　　这座城市不小也不大，生活在这的同学不多也不少。每到周末，男男女女，三五成群，聚在一起聊天儿吃饭，打发时日。韩温是我的高中同学，我们两家相距不远也不近。他长得不帅气也不磕碜，家境不富也不穷。他爸爸是公务员，当的官在这座城市里，算不上大也不算小。他妈妈是个老板，经营的企业不小也不大。

　　韩温开着一辆档次不高也不低的车，没事就在大街上遛弯。有时，碰见了，我给他打招呼："韩温，最近干吗呢？忙吗？"他总是笑着说："还可以，不忙也不闲，每天都做事，但回过头来看看，什么也没做出来。"我又问他："找着女朋友了吗？"他也总是说："不着急。说找着了，可还没有定下来；说没找着，又同时谈着三五个。"

日子就这样不咸也不淡，东升西落，朔望交替，任其不快也不慢地流淌着。公交车围着这个城市转了一圈儿又一圈儿；上班的路，走了一趟又一趟。吃饭干活，干活吃饭，生活是个圈儿，走的路也是个圈儿。

　　这天周末，韩温开车载我在二环上兜了一圈儿。他说："晚上，一块吃饭吧。我带上女朋友。"

　　"找着女朋友了？哪一个呀？"我反问。

　　"就是胡幂。"

　　"你爸妈同意了？"我又问。

　　韩温嘟囔半天，说出一句话："不同意也得同意。"

　　胡幂是韩温在网上认识的，生活在另一座城市，与这座城市相距不远也不近，与胡幂结婚，韩温可能到另外一个城市居住，因为这是胡幂提出的条件。韩温的爸妈左右为难，不同意婚事，又担心儿子再次陷入无休止的谈恋爱怪圈里；同意婚事，又舍不得儿子离开。

　　晚上，我们在东郊一个不洋不土的餐馆里落座。胡幂长得不高也不低，不胖也不瘦，不美也不丑。趁着胡幂去洗手间，韩温问我："你觉得咋样？"

　　我喝口茶："她又不是我女朋友，我哪来感觉？"其实，心里想，他两个结合就像这口茶水，菊花加冰糖，不甜也不苦。

　　我带了瓶酒，本想和韩温喝点，可是胡幂不许韩温喝酒。韩温想喝又不敢喝，不敢喝又想喝，眼望着胡幂，一脸犹豫，手拿着筷子胡乱夹菜。我自斟自饮，因为与胡幂第一次见面，不想劝酒，也不想多说话。

餐桌上很静，静得连时间的流逝我都能感觉到。我试着找个话题打破这片静，就问胡幂："你们什么时候结婚？"

"很快。岁数不大也不小了，该结婚了。"

"将来，你们在哪里生活？"我又问胡幂。

"不知道，我连自己下一秒钟想什么、干什么都不知道，哪知道将来呀？人，就如一棵小草，是长在名山大川，还是长在厕边圈旁，自己决定不了，也不知道；是青嫩时被牛羊吃掉，还是老终时被秋风带走，自己决定不了，也不知道。我只知道自己是一棵微不足道的小草，已经长出来的小草，这一刻还悠游自在的小草。其实，每个人无非就知道这些。将来很遥远，随它去吧！"胡幂讲得很哲学。

生活中有哲学，哲学就是生活，没有生活中的人的感触，哪里有哲学？时光到底是直线还是射线，我不知道，但人生只是这条线上的一截线段，是长是短，是粗是细，是自己决定还是他人决定，抑或是自己和他人共同决定，也许没有几个人清楚。

韩温终于禁不住酒的诱惑，不顾胡幂的劝阻，自己斟满，陪我喝了几杯。那天晚上，我喝得不少。这已是八年前的事了。

韩温的婚礼在那座城市举办的，距离不远也不近，我没有参加。他们婚后，我们的关系不远也不近，联系较少。

时光一直向前，生活却是个圆圈，爱人孩子、吃饭穿衣、工作休息，围着这个轨道转了一圈儿又一圈儿，日日如此，年年如此，快乐与忧愁、安静与热闹、忙碌与清闲，统统地淹没在生活这个圈儿中，一切都归于平常与平静，没有一丝波澜，没有任何传奇。人，平凡的人，都是在时光的这条线上转着圈儿走向终老的。

八年后的一天，我在大街上遇到韩温。他带着一个六七岁的孩子。芸芸众生，再次相遇，真是不容易。

我问他："何时回来的？"

他说："回来四五个月了。"

"胡幂呢？"

"三年前就去世了。"

我惊讶地没说话，只是用眼睛望着韩温。本想问问胡幂什么原因去世的，但话到嘴边又咽了回去。

"什么时候去那座城市，走之前，我们聚聚。"我又说。

"不回去，就在这生活了。"韩温摸摸孩子的脑袋，淡淡地说。

自从遇到韩温后，偶尔会想起胡幂那不高不低、不胖不瘦、不美不丑的身影。她那段很有哲理的话，正确也不正确，人不是小草，更像是树叶，飘到哪里、枯在哪里，不得而知。

韩温没有再谈女朋友，也没有再娶老婆，一个人带着孩子围着家庭生活转圈圈。我们两家住得还是不远也不近，有时相见，有时不见。

《不远不近》发表于 2019 年 8 月《保定晚报》

老十

常言道：牙疼不是病，疼起来要人命。

这不，办公室里的老十踯躅于墙角的沙发处，坐下站起来，站起来又坐下，像热锅上的蚂蚁游移不定，心火烧得正旺。为了灭这火，药片被一把一把地往下灌，可是火苗子还是噌噌往外冒。像往日，他早告假回家了，在家里休养几天不比在单位舒服！可眼下，他没这个心思。单位里要提拔人，他正好也在范围之内。只是，粥少僧多。这个时候千万不能掉链子，只要不出人命，天大的事也得扛着。人生能有几次机会啊，他得瞪大了眼盯着。近日，和他一起有机会的张三李四王二麻子都上蹿下跳的，他都看在眼里。

中午吃饭的时候到了。像往常一样，隔壁的小李喊老十一起去就餐。老十回话说，吃不下，不去了。人是铁饭是钢，不吃饭哪行。在小李的一再劝说下，老十还是来到了餐厅。

他俩打了饭，选择在餐厅一个角落的一张桌子前坐下。小李习惯喊老十为师傅，因为他到单位的时间晚，平时受老十指点照拂得多，自然比别人亲近些。他将自己的餐放下，又给老十端了一碗银耳莲子汤，才坐定吃饭。小李在老十眼里还是个孩了。二十几岁的大学毕业生在五十来岁人看来，可不就是后生。这个后生也算伶俐，这不刚来两年，对工作已经熟练于心，去年业务比拼还得了优秀奖，别人提起他就夸师傅教得好。天生心里有事，眼里有活的主。

老十刚端起粥嘬了一口，嘴就不停地吸溜着，好像吸进去的冷空气能给牙齿降温似的。小李望着他难受的表情，低声安慰说："师傅，您放宽心，就您这资历和业务能力，您不提拔谁提拔！"

"这可说不准！咱觉得资历老，保不齐人家还说我年龄老呢，这得看人怎么说！"老十说。

姜还是老的辣，师傅的脑瓜儿有时还挺活泛的，小李想。突然，他想起前日在楼道，看见王二麻子手里拿着个精致的信封进领导屋里了。他随即说："师傅，您也走动走动，别光等着，老实不顶饭吃！"

这可揭了老十的底。他捎带愠色地说："小兔崽子，也来取笑师傅！"

这老十，其实也取谐音"老实"之意。他大名本叫张德顺。来单位三十年了，兢兢业业，本本分分，老实巴交。他所在的科室正好排名第十科，于是同事们给他取个外号"老十"。年龄相仿的这样叫他，他笑而应着。像小李之辈的年轻后生，当面必然尊称张科长，这是规矩。

老十继续对小李说："不过，你倒是提醒了我，我是该有所行动。"

饭毕，两人匆匆回办公室。老十开始着手他的行动计划。他把手上的工作处理停当，和同事交代一番，手里拿张纸条先进了主管领导的屋里，又进了主要领导的屋里。然后，出门驱车扬长而去。

背后几双警觉的大眼睛，看得真真的。在之后的几天里，他们在单位里的人事上费了不少心思。就连小李也收到了他们伸过来的橄榄枝。只是，他心里自有一杆秤。小李也疑惑，不知道师傅干吗去了，这关键时刻人却不在了。

决定人选的那天到了。消失的老十又回来了。经过最终的评选，组织在大会上正式宣布："老十的年龄大了点……"小李一时望着老十，张大嘴巴，瞪大了眼。

"但是，他老实做人，勤恳做事……提拔老十。"小李张开的嘴又合上了，冲着师傅笑了笑。后来他问师傅到底采取了什么行动，老十告诉他："写了张请假条，请两位领导签了名，回家休养。除此无他。"小李半天回过神来，说了句："真是老实人！"

无为而为。老十的牙疼，没有吃药在那几日也好了。

《老十》发表于《小说月刊》2022 年第 6 期，《微型小说月报》2022 年第 8 期转载

还要走多远

　　下班前，我接到一个电话，是一个男的打来的，约我在半月桥相见。迎着落日余晖，我走了足足 3 公里，才见到他。多年不见，他还是干干瘦瘦，只是一脸的"岁月"分外显眼。

　　我问他从哪里来。他指一指西边。

　　我请他吃面，他只顾"吸溜吸溜"地吃，不看我一眼。

　　他不是哑巴，只是不爱说话。他叫刘笼，比我大 3 岁，我们一个村的。他爸爸一辈子没有讨上老婆，50 多岁，收养了一个残疾儿子，也就是刘笼。刘笼的一只眼睛，天生的瞎。小时候，我给他起绰号"独眼龙"。一直以来，他家过得既贫穷又冷清。十几岁，他就辍学打工，自己养活自己，时常一年半载不回村一趟。

　　他的面吃完了。我给他安排宾馆，他却抢先交了钱。这时候，丈夫给我打来电话，喊我回家吃饭。我支支吾吾，答复他，和同事在一起。头一次对丈夫说谎，我心里有点儿忐忑不安，他却气定神闲，不慌不忙。

我催问他："龙哥，还有事吗？"我的意思是告诉他，如果没事，我要回家了。

他抬起头，缓缓地说："要出远门，临走前，有一样东西交给你。"然后，他从衣兜里摸出一只精致的木盒子，打开盒子，是一条精美的项链。

我认得，这条项链是我的，因为链坠上还有我的名字。

按老家的习俗，女孩子年满 12 周岁，家里会置办一件首饰作为成年礼。我 12 岁生日那天，爸爸请托白拐子打制了这条项链。白拐子是我们村的铁匠，当然也会制作银制品。可是，当年，我亲手把这条项链沉到了牛头湖里，怎么会在他手里？

他又说，黑七没种，还是一个人过日子。他的话，我没听明白。但是黑七，他是我的初恋男友。因为人长得黑，在家族里排行第七，所以叫黑七。正是因为黑七，我的命运轨迹才发生了改变。提到他，我心里五味杂陈，好像咸菜缸里烧白酒，既辣心又苦涩。

我和黑七同年同月同日出生，小时候，一块儿读书，一块儿玩耍。乡亲们都说我们是天生的一对儿。可是两个家庭有点儿不般配。张家是我们当地最大的家族，黑七的爸爸张有财也是当地最有钱的老板。而我家却是小门小户，人丁单薄，日子贫寒。20 多岁，三里五乡到张家提亲说媒的人就像一群苍蝇追着一块臭肉。我看在眼里，酸在心里，黑七天天见我，却迟迟不表白。

一天，爸爸请托白拐子到张家说媒。张有财和黑七一口答应了。为此，爸爸奢侈地买了两箱白酒送给白拐子作为酬谢。爸爸说，这闺女的妈妈去世早，原本是苦命的，现在好了，进了张家门，命就改了，一辈子享福。我害羞地点点头。自此以后，黑七名正言顺地来我家，帮爸爸干点儿农活，陪爸爸喝点儿小酒，还约我到牛头湖走一走。我解下脖子上的银项链作为信物送给黑七。黑七答应我呵护它一生一世。

可是，天有不测风云，就在这年的秋天，冰冷的秋雨像缕缕白毛，绵绵地飘着。爸爸在山下赶羊，久经天雨山体松动，一块拳头大小的石块儿滚下来，正好击中了爸爸的头部。爸爸被抬回家已经奄奄一息。在那个沉沉的雨夜，爸爸万般无奈地丢下我，一个人走进了漆黑的远方。一瞬间，我的天塌了下来。

丧事过后，一天傍晚，我梳洗打扮，在湖边约见黑七。我说："七哥，爸爸走了，我举目无亲，你是我唯一的依靠，我们的婚事怎么办？"没想到，黑七却吞吞吐吐，推三阻四。他低着头，满脸羞愧地把那条项链塞给我。我明白，我们两个结束了。但是，我不明白他为什么这么对我。我绝望之极、伤心至极，抓起那条项链狠狠地扔进了湖里。不知什么时候，黑七悄悄地离开了。我披着冷冷的夜色，哭泣到天亮。

几天后，我变卖家里值钱的东西，决然地离开了生我养我的小山村。随后，我南下北上，走过不少地方，打过许多份工，也吃过不少苦，直到遇上我的丈夫，才在这个偏远的小县城里安了家。

那条项链在淡淡的灯光下，发出一圈圈柔美的光晕。我盯着它发愣，丈夫又打来电话，说："天色晚了，需要开车接你回家吗？"
我回复他，不需要。

龙哥把项链递给我，说："不耽误你时间了，回家吧。"

我说："房子面积小，家里有孩子，住着不方便，你就住宾馆吧，明天再来看你。"他点点头。回家后，我把今天的事，一五一十地告诉丈夫。丈夫说："老家来的都是娘家人，明天好好招待龙哥。"第二天一早，我和丈夫赶到宾馆。服务员说："昨天晚上，刘先生已经结账走了。"我问她："去了哪里？"她说："不知道。"随即，我拨打龙哥的电话，居然无法接通。

自从龙哥走后，我时常在夜深人静的时候，独自盯着那条项链出神。丈夫好像看穿了我的心思。有一天，他给我一个电话号码。

我问他："谁的？"

他说："白拐子的。他还活着，有些事，放不下，就问问，别憋在心里。"

我惊讶地看着他。

他解释说："现在是信息社会，找一个人的电话不难。先查村委会的办公电话，然后再要白拐子的电话。"

丈夫的善解人意，让我非常感动。几天后，我拨通了白拐子的电话。隔着1000多公里，传来了白拐子的声音。他说："闺女，20多年了，没有你的音信，过得还好吗？"听到家乡的声音，我很激动，连声说："好，好。"我们彼此客套几句后，白拐子打开话匣子，不问自说，把村里的故人旧事说了一大堆。

他说："黑七就是一个废人，半死不活的。这都是他爸张有财做的孽。那一年，张有财说你命犯孤星，克死了爸妈，还会克丈夫，硬生生地逼着黑七退了婚。之后，黑七娶了郝家姑娘，可是多年没孩子。医生说，黑七不能生育。为此，他们夫妻两人东走西去，看了不少医生，花了不少钱，10多年也没治好，最终还是离了婚。离婚后，黑七破罐子破摔，一点儿正事不干，成天泡在酒缸里。现在家业败了，身体也垮了，全靠乡亲们救济过日子。听说，刘笼也时常给黑七寄钱。"

白拐子提到了刘笼，我趁机问他："龙哥在哪里？"

白拐子却说："不知道，他很久不回村了，也极少跟我联系。这么多年过去了，他跟我还是怯生生的。因为那一年，他请托我到你家去提亲。你爸爸嫌弃他又穷又瞎，拒绝了。之后，我回复他，癞蛤蟆想吃天鹅肉，这句话把他伤着了。从此，他见着我，总是绕着走。这孩子有自尊心。"

白拐子嘴上没有把门的，这些陈年旧事也说了出来。我感到脸上一阵发热，又感到非常惊讶。这件事，我还是头一次听说。爸爸生前从来没说起过。

我告诉白拐子，前一段时间，刘笼不知从哪里冒出来，在半月桥约我见了一面。之后，又联系不上他了。

白拐子说："想起来了，10多年前，他说有一样东西要送给你，到处打听你的消息，可惜村里没人知道。你不用挂念他，他就是个怪人，走不丢的。这么多年了，没家也没业，年复一年，日复一日，天南海北地瞎走。听说，去年有人在哈尔滨见过他，今年又有人在拉萨看见了他，现在又不知道哪儿去了。之前，有算命先生说他的命里犯驿马，也犯孤星，注定要一辈子孤孤单单地走下去。"

时间过得很快，我和白拐子聊天儿已近 2 个小时了。若不是手机没电了，我们还会继续说下去。

放下电话，我对丈夫说："有时间，我想回村里看一看，走一走。"

丈夫说："好啊，我和你一起去。"

我笑着说："怎么？你害怕我跟龙哥私奔了？"

海棠枯萎

她出生那会儿，海棠盛开，满院飘香，于是她有了一个好听的名字——海棠。

海棠兄妹四人，她排行老三，从小在父母和哥姐的爱护中长大。那时，物质条件虽不富裕，但家庭氛围其乐融融。在像蜂蜜般包裹的爱中，她的生命跟花骨朵儿一样充盈；有时，她像蒲公英那样，在风中自由飞翔；有时，她又像向日葵一般，迎着太阳生长。她原以为生活会一直高歌前进，哪想有日换了环境，她竟像折断了翅膀。

此刻，海棠正从厨房快速踱步而出，风风火火穿越客厅，朝洗手间走去。她不是来化妆打扮的，尽管早早起来，还没来得及好好梳头，只是草草地洗了手脸，将头发随便拢起来，用皮筋扎了个马尾。

不管好看不好看，也不管马尾扎在东还是西，只要头发不掉下来挡住视线就行。她根本没心思管这个，她得抓紧时间做早餐，要不女儿就要饿肚子去上学。如今，她的女儿已经 8 岁了，像她当年一样标致。

40 多岁的海棠，已把心思放在了孩子身上。凡事先把孩子放在前头，希望孩子能一直笑靥如花。早上，她也想多睡一会儿，可是一想到孩子要上学，就连滚带爬跳下床，用冷水浇了脸，清醒了，就走进厨房，开始忙活饭食。

这不，饭正在锅里煮着，赶空儿，她来洗手间取拖布，把地板擦一擦。连着两三天，地面都没打扫了，她出差几天，家里就变成了垃圾场。什么食物残渣、毛发、纸屑，满地散落，地板成了一个大花脸。不小心掉上点水，脚下就哧溜哧溜打滑，幸好没有栽跟头。

你要说，怎么没个别人帮忙？其实，家里还有两个人。一个是正在上小学的女儿，另一个是她的男人。女儿还小，情有可原；男人不缺胳膊少腿，竟也像空气人一般，对家务视若无睹。

昨晚，海棠从外地出差赶回家，已经是半夜。她很累，倒在床上，合眼就睡着了。还是早上的闹铃，将她叫醒了。男人并没有心疼女人的意思，躺在床上打着呼噜，睡得死猪一般。要不是她一个劲儿地叫他，他真能睡到日上三竿。

海棠佝着身子，推着拖布，从这屋推到那屋。

男人起床了，手里夹着烟卷，从这屋踱到那屋。

男人要瞅个时机，趁海棠不注意抽根烟。这已经成为他的习惯，深深地嵌入了身体里。海棠实在受不了那股呛人的烟味，经常为此跟男人斗智斗勇。

只是此刻，海棠无心恋战，她一边擦着地，还要想着煤气灶上煮的饭，一颗心总不能掰成三瓣用。这不，她又得撂下手中的拖布，飞奔进厨房了。

男人溜进了卫生间，一股淡淡的烟味从门缝中飘出来。

还好，海棠揭锅及时，粥没有溢出来。她嘴里念念有词："谢天谢地。"她把火调小了，让粥煮着，在另一个灶上又架了一口锅。她打开冰箱，几天前买回来的食物还在，另外多了两个餐盒，分别盛着鱼香肉丝和荷兰豆烩虾球，她将两个菜取出来，放进锅里加热。

一股饭香从锅里飘出来，她看着从锅盖缝里不断升腾而起的热气，轻轻地舒了一口气。该叫女儿起床了，她心疼孩子上学累，想让她多睡一会儿，总在饭快熟时才叫醒她。

女儿听到了妈妈的叫声，从被窝中爬起来。

"妈，给我找件干净衣裳。"

床一侧的衣服和被子胡乱地堆着，海棠走过去翻了几下。找不到干净衣服，又来到衣柜前，打开柜门，取出两件带着皂香的衣服递给女儿。孩子接过来，用鼻子嗅了嗅，展开笑颜说："还是妈妈好！"

"你爸给你穿啥了，我走这几天？"海棠问。

"他让我从这堆衣服里捡着穿，从来不洗。"女儿指着堆成小山一样的衣服，忿忿地说。

海棠在心里默默地提醒自己，不要生气，不能拿别人的过错来惩罚自己。她没时间在这里继续耽搁，男人进了厕所好久也不出来，孩子上学带的热水还没烧，煮的饭也该出锅了。

她又匆匆奔进厨房，一切收拾停当，饭端上桌。孩子也洗漱完毕，男人走到桌前，一家人吃早餐。

吃饭间，孩子说："这两个菜是昨晚在饭店吃剩下的。"海棠知道，这两个菜男人根本做不了。

孩子还说："爸爸这几天没做饭，都是带我在外边吃的。"海棠刚才注意到了，冰箱里的东西一样没少。

男人这样图省事，海棠一点也不感到意外。因为在她的生活里，这男人一向如此。

男人说："做饭是娘儿们干的活。"

海棠问："哪些是你能干的，抽烟吗？"

男人无语，匆匆饭毕，撂下一句"单位开会"，就破门而出，扬长而去。

海棠背上书包，推上电车，载孩子去上学。一路飞驰电掣，海棠终是赶在规定时间内，将女儿送到了学校。女儿接过书包，掉过头，看到妈妈飞扬的头发，说："妈，你忘了梳头。"

看着孩子进了学校，海棠松了一口气，她停下来，用手梳理凌乱的头发。校门口的花池里正盛开着五颜六色的花。在花池的一侧，有几株海棠花枯萎了，叶子耷拉着，在它的周围有一堆垃圾，散发着阵阵刺鼻的臭味，让海棠感到一阵阵恶心。

结婚那会儿，有人对她说："一朵鲜花插在了牛粪上。"

她想："牛粪虽然外表难看，终归有营养啊。"她还天真地想，可以用花香来影响牛粪，让他也变香。可是，她后来发现，这个男人算不上牛粪，就是一堆垃圾，海棠糟心极了。

老话说，世上没有卖后悔药的，如今她明白了婚姻的真相，又怎样？她该怎么办？还没来得及想，电话响了，是单位领导打来的："到单位了吗？马上到我办公室来一下。"

海棠回头瞟了一眼垃圾旁蔫头耷脑的花儿，只得马不停蹄地向单位赶去。

重生

　　我变成了一条在天地间游走的鱼。我要感恩一个人，一个善良的人。本来，鱼的归宿不会这么好。但是，我也记恨一个人，是他让我遭遇了厄运，离开了家园。

　　这事还得从一个月前说起。那天，阳光明媚。我和我的家人，鱼爸、鱼妈和鱼妹顺着府河水流，向下游玩。河底的水草悠悠地招摇，两岸的垂柳倒映在水中，我和鱼妹追赶着玩耍，欢乐无比。和前些年黑乎乎的水质相比，现在我们是幸福到天上了。鱼爸经常说起那个黑暗的年代，眼瞅着鱼伴们在一团污水中翻着鱼肚死去。所幸，他活了下来，熬到了拨云见日、天朗水清的日子。我们一家得以在水中畅快地游玩。

　　在一处宽阔的水面，老远飘来一股香味。我寻味而去，看到一块肉。这块肉，一入口，我被迅雷不及掩耳之势钓出了水面。我使尽全身力气挣脱，身体在半空中翻了几个筋斗，眼睛深深地凝望着水面以及水面下的家人，他们和府河水一起最后定格在我的视野中。

我被该死的钓鱼人扔在了一个逼仄的水桶里。桶外，飘荡着嘻嘻哈哈的笑声。他们在为钓到我而庆贺。我的家人应该在垂泪，他们会伤心欲绝。我顾不上这些，拼命挣扎，最后没有力气了安静了下来。

都是贪吃惹的祸，人类利用了我们这一点。怪谁呢，听天由命吧。我现在成了一条任人宰割的鱼。

我被钓鱼人带回了家，一路上，还有几条和我一样不幸的鱼做伴，我是其中个头不算大的。到了那个钓鱼人的家里，大人和小孩过来围观我们。

女人说："拿到市场上卖了吧。"

男人接着说："才几条，不值得。"

女人又说："养又养不活，吃也吃不了。"

小孩说："养着吧，我要看鱼。"

女人说："留两条，另外的送人。"

他们任何一个人都可以决定我的命运，最终还要看谁说了算。我正在忐忑不安，一面网伸进来把我罩出了水面。他们还是听了女人的话，我被端着去送人。这个过程，我几乎窒息而死。虽然仅有几步远，离开了水面，我的嘴张开合上，合上张开，眼看就要失去挣扎的意识。我被放进了一个大盆，窒息感令我全身痉挛，身体抽搐，纵身弹起然后又重重摔向盆底，身子几乎要折断。

"它还活着，快倒水。"一个声音说。紧接着，水被注进了盆里。

我听到之前那个女人说："这鱼送你们了，刚钓的，新鲜。"

"谢谢了，谢谢。"另外一个声音说。

之后，送我来的人离开了。我意识到，自己又来到了一个新家，应该是刚才那家人的邻居。我翻起身子，摇晃着尾巴，又开始游了。

这家人看着我说："它又活了。"

一个孩子觉着新奇，蹲在盆边上好一阵瞅我，还伸出软乎乎的小手抚摸我。我惊魂初定，庆幸生命还在。我没有被送往冰箱算是万幸，不知那几个被钓的同伴是不是和我一样命好。我也想念府河里的鱼爸、鱼妈和鱼妹，还有那清清的河水。他们也一样想念我吧。只是，现在我不得不放下他们，独自面对现实和明天。我比以往任何时候都平静，我开始思索生和死，因为它们和我如此接近。水里的石灰味令我觉得不爽，这和我的府河水差远了，微生物也少得可怜；水温倒是比河水高出不少，头顶的白炽灯发出强烈的光线，让我觉得不安。

一个男人说："明天，把它放了吧。"

女人说："好啊。从哪里来还回哪里去。"

孩子高兴地喊："明天去放鱼，明天去放鱼。"

一个老人说："它的命真好！"

我心里满是欢喜，甚是感谢这家人。一想第二天要回家，幸福得要死。我要停下来休息，为明天积蓄力量。他们关上灯，去屋里睡觉了。

在朦胧中，我也睡着了。不知道什么时候，我感觉自己离开了身体，站在上空俯视着盆子里的自己。飘飘的，轻轻的。我徘徊了一阵，想回去但怎么也回不去了。

天亮了，起床的人看到了盆子里翻着鱼肚漂在水面上的我的身体，惊讶地喊着："鱼死了！可能是地暖惹的祸！"

我再也回不到鱼爸、鱼妈、鱼妹的身边了，我伤心。但是我也知道，像我这种鱼，被钓上来的命运注定就是被烹饪了，只是时间问题。我能挨到现在，已经是幸运的。接下来，我应该就是被千刀万剐，然后进油锅或者被蒸了、煮了、烤了。经受盐渍、辣椒、葱姜等各种侵蚀，最后被嚼碎了，进入身体，一部分变成粪便被排出，一部分被吸收，进而成为人身体的一部分。

但是，女主人并没有这样做。她用一只袋子拎着尸体，下楼来到花园里的一棵苹果树下。那棵树长在园子里的一个僻静处，地势稍高的土坡上，沐浴阳光，四野花香。

女主人用锹扒开一片落叶和草，挖出一个坑，坑壁上现出树根。她认真地收集了一些叶草铺在坑底，把尸体放进去，又盖了一层不薄不厚的叶草上去，最后埋上土。鱼被隆重地葬在了这棵树下，完整回归大地。女主人走的时候，还不忘将扒开的落叶和草重新复原，好像一切都不曾发生过。

一段岁月之后，树上结满了大大的果子，神奇的是，人们看见了鱼一样形状的苹果。鱼重生了，重生在这棵苹果树上。我由曾经生活在水里的一条鱼，经过在土壤里慢慢分解，再通过树的根系吸收输送，成为苹果树的一部分。我通过这棵树打量着这世界，心中感念女主人和她的家人，他们没有把我剁碎吃了，让我避免了那刀俎火燎的剧烈痛苦，还让我有这样的好去处：四野花香，沐浴阳光，是何其有幸。

那些和我一起被钓的"大块头"恐怕没有这么走运，一般大者更易被饕餮者享用，我这样想着，庆幸自己遇到了善良和慈悲。我想回报女主人一家，用结出的苹果，鱼一样形状的苹果，果子大大的、美美的，果肉里满是感恩和慈悲。这种美好的情愫，因为之前的遇见，在我身上生长，也将继续传递下去。

鱼形的苹果引来无数人的围观指点。楼上的女主人一家，也不时过来看看苹果树，我在绿荫繁茂间，与他们微笑而对。他们却不肯摘走我。

摘走苹果的人们偏偏是那些具有无限占有欲者，其中就有那钓鱼人。他们吃了我，应该也会产生善良和慈悲吧。善的信息是可以传递的，我这样想着，也就释然了。用自己感化一些恶，也算我为这世界奉献了一份力量，这算不算我来一趟世间的价值呢。

我为自己感动了好久。

吃到果子的人，像是得到某种讯息，总不时地抬头，寻找树的方向。我又在人的身上重生了，和猪、牛、羊、草、苹果、梨子等的细胞相遇，并融为一体，成为人身体的一部分。万物互融，大千世界本是一家。

我只是这无限轮回变化链条上的一点，在天地时空中流转。

《重生》发表在《唐山文学》2022 年第 11 期

回乡

（一）

　　前面，矗立着一排排亮丽的小楼。这是羊沟小区。小区旁边有一家小工厂。

　　前些年，乡政府组织脱贫攻坚，羊沟村全体村民搬迁到了这里。崔福一家人也在其中。

　　年轻人大都进了工厂做工。像崔福这样的中老年人下不了车间。

离开了土地，又进不了工厂，崔福几乎成了闲人。挂在他媳妇嘴边的话，就是"废物""白吃"。

崔福不顶嘴，他理解这个烦躁的女人。住在这小区里，一天到晚吃喝拉撒全是钱。每年出去的钱，就像牛撒尿"哗哗啦啦"；每年回来的钱，就像羊拉屎"零零散散"。

更让人焦急的事是儿子该娶媳妇了。娶媳妇不花钱吗？

前两天，儿子崔成从城里打来电话，说："乡村振兴是盘大棋，有志青年投身其中，我想回家创业。"还说："我谈了对象，跟我一起回家创业。老爸老妈给点儿支持。"

这所谓的"支持"，老两口想破了头，好像除了钱，没有别的意思。

（二）

小区门口贴了张告示，工厂里要招聘保安。崔福的条件正合适，媳妇催促他去应聘。

但是，崔福一直犹犹豫豫。他并不是不想当保安，保安的工资也不低，他主要是膈应廖二锤。廖二锤是工厂里的保安队长。两个人曾有一件不愉快的事。

那些年，大家住在羊沟村，日子过得贫苦，家家户户生产生活中使用的物件大都是山上的荆条编制的。比如，吃饭的桌子、供人坐的凳子、存粮食的囤子、挑大粪的篮子等。

崔福是有名的编制能手。他的编活儿既结实耐用，又美观大方。廖二锤是燎泡能手。山上割下来的荆条不能直接编制，需要三燎三泡。也就是在水中泡三次，在火上烤三次。这燎泡也是讲技术的，火候大了，会烤焦，荆条易折断；火候小了，荆皮蜕不干净，黑黢黢的难看。廖二锤燎泡的荆条质地柔软、色泽金黄。

乡亲们从山上把荆条割下来卖给廖二锤；廖二锤把荆条燎泡后卖给崔福；崔福再把荆条编制成物件卖给乡亲们。这本来相安无事。可是，有一天，廖二锤掰着指头算了一笔账。他5毛钱从乡亲们手里收购荆条，1元钱卖给崔福。一个簸箕，也只需3斤荆条，崔福却卖8元。廖二锤暗想，这个"钱迷"赚钱太狠！

可巧的是，这一天，崔福闲来无事，找到廖二锤嬉皮笑脸地说："二锤，把你的燎泡技术教教我，怎么样？"

廖二锤心想："这个老财迷，明明大把大把地赚着编制的钱，还打我的主意。人心不足蛇吞象，这技术万万不能教给他。他若得了这技术，必然赚两份钱。到那时，我只有喝西北风了。"所以，廖二锤斜着眼，随口说了一句："我这技术是祖上传下来的，传儿不传女，你愿意给我当儿子？"

崔福听了这话，收起笑脸，愣了半晌，才挤出一句话："你这个老绝户，欠该没儿子。"

"老绝户"，在这个村庄里也是咒人的话，就是没有儿子的意思。果真，廖二锤没有儿子，只有两个女儿，大妮和二妮。

自此以后，这件事在村里传来传去，说法众多。但总之一个意

188

思，那就是崔福为了赚钱，拜了廖二锤为干爹。

（三）

话说这事已经过去了许多年。但是，在崔福心里始终有一个解不开的疙瘩。他不情愿与廖二锤在一块儿工作，但是去工厂当保安又绕不开廖二锤。

媳妇好像看穿了崔福的心理，她说："他姓廖，你姓崔，你又没给他磕头，他怎么会是你爹？抓紧应聘是正事，别顾忌那些闲言碎语。"

话虽然这么说，但是唾沫星子淹死人。

在崔福心里，他也认识到那些年自己做得不够厚道。乡亲们还不富裕，自己却仗着技术好，把编活儿的价格卖得很高。但是，这么多年来，被乡亲们在背后指指戳戳的滋味，他觉得真的不好受。

崔福正盘算着去还是不去，这时，电话响了起来，是崔成打来的。

他也无大事，就是闲聊几句。他说："城里的人们，健康意识、环保意识越来越强了，用荆条编织制物件，既可以做家庭装饰品，也可以做生活用品，越来越受欢迎。"最后，还夸了一通崔福的编制技术好。他说："那些年，在十里八乡的，老爸编活儿是卖得最火的。"

崔福听了这通话，不知道儿子的葫芦里卖的什么药。但隐隐约约地感觉到，还是让自己给点儿"支持"。

　　这"支持"从哪来？当然还是当保安挣工资。崔福鼓了鼓勇气，站起来去找廖二锤。

（四）

　　廖二锤喝了两大碗稀粥，就去了文化广场。

　　这里的乡亲们没有午休习惯。一到中午，三五成群聚在广场的树荫下，有闲聊的，有下棋的，当然也有打盹儿的。廖二锤就依靠在棋盘旁边打盹儿。

　　崔福扬起笑脸说："二锤子，你们厂里是不是招聘保安？"

　　廖二锤睁开惺忪的眼，看了看崔福，面无表情地说："是的。"

　　"你看我的条件合适吗？"崔福说。

　　廖二锤说："合不合适，我不做主，厂里的人事经理说了算。你又不缺钱，干什么保安？"

　　崔福继续说："缺钱，缺钱，哪能不缺？你跟经理熟，你帮我说说好话。"

　　廖二锤本不想搭理崔福，但是转念一想，乡里乡亲的，能帮一把还是要帮一把。再说，崔福与自己往日无怨、近日无仇。只不过是他的赚钱之道，吃相难看，自己看不惯而已。

于是，廖二锤指指棋盘，开玩笑说："陪我下盘棋，赢了我，我就帮你说说。"

崔福欣然答应。

（五）

两人摆好棋局，拉开阵势，飞象跳马、攻卒架炮。

村里的人喜欢看热闹，一旦有人下棋，就会有人围观，更何况是崔福和廖二锤。这两人多少年来，面对面不怎么搭话，如今在一块儿下棋，这几乎成了小区的大新闻。

不一会儿，就内三层、外三层，围观了一大群人。

有人起哄说："你们两个下棋，不赌点儿什么？"

崔福和廖二锤埋头下棋，不回话。

这时，在人群中有人高声说："已经赌了，就赌崔福能不能当保安。"

"没意思，那点儿赌注，多没意思。他们两个人啊，就应该赌谁输了谁就是儿子。"人群中又有人高声说。

这话一出，现场一片哄然大笑。

廖二锤大声说："别胡说八道，滚蛋，快滚蛋。"

崔福没应话，但是脸上红一片、白一片。他暗自下决心，一定要赢。于是，崔福下棋非常谨慎，步步为营，每走一步都要思考半晌。

时间一溜烟似的向前走。廖二锤中午喝的粥，现在憋着一泡尿。他几次催促崔福快点儿落棋，可是，崔福依旧一步三思，慢慢腾腾。

廖二锤快憋不住了。他本想中途放弃，不下了。

可是廖二锤的棋瘾很大，眼看着这盘棋自己占着上风，又舍不得放弃。于是，他蹲下身子，继续下棋。

双方绞尽脑汁，苦苦鏖战。不知过了多久，棋盘上已经零零星星，不剩几个棋子了。

廖二锤使出一招"沉底车"。本想和崔福下个平局，两个人不输不赢。

这时，突然有人在他肩上拍了一巴掌，大声说："二锤子，你走错了，使用'卧槽马'，崔福必输无疑。"

这一巴掌下去，把廖二锤惊了一下。那泡尿也顺着廖二锤的两只裤管儿流出来。在场的人又是一阵哄然大笑。

自此以后，廖二锤又多了一个名字："尿两腿"。当然，也有人在茶余饭后纷纷传说，廖二锤赌棋赌输了，成了崔福的"儿子"。

（六）

没过多长时间，崔成带着对象回来了。

崔福问:"你的对象,人在哪儿呢?"

崔成说:"先回她家了。下午过来。"

"谁家啊?"

"二锤叔家。就是廖大妮。"

崔福愣住了。半晌儿,他才对崔成说:"儿子啊,我看这事不成。她爸爸廖二锤已经傻了,往裤子里撒尿……"

崔成眨眨眼说:"没听说啊。大妮说她爸爸身体一直很好。"

接着,他又对崔福说:"我和大妮已经商量好了。我们这次回家创业,就是把咱们这儿的编活儿卖到城里去。你的编制技术好,二锤叔的燎泡技术好,只要你们两个支持我们,我们一定会成功的。"

崔福本想再说几句,被媳妇拉住了。

那一边,在廖二锤家里也遇到了同样的情况。

廖大妮说:"我和崔成谈对象,已经一年多了。崔成这个人很有主见、能说会道、会做生意。我们这次回来就是要创业的。"

廖二锤瞪着眼说:"闺女啊,这事不成。他家太穷了,崔福多少年了,一分钱不挣。最关键的是崔福这个人不是个东西,害得我尿了裤子,成了全村的笑话。有其父必有其子,他儿子八成也不是个好东西。"

廖大妮说:"崔成为人很好。这么多年,我们在城里工作,大大小小的事情都是他帮助我。"

廖二锤被驳得无话可说,气鼓鼓地说:"女大不由爹,一点儿没错。"

（七）

　　胳膊拧不过大腿，老的熬不过少的。崔成态度坚决地说："非大妮不娶。"崔福到底还是豁不出去，他不能眼睁睁地看着儿子打光棍。

　　于是，他对着镜子，反反复复练习了一阵子如何笑得自然后，就带上崔成，买了一大兜子礼品去看望廖二锤。

　　一进家门，崔福就把笑脸扬起来，弓着腰，谦卑地说："二锤兄弟，那件事对不住你。你别在意。"

　　廖二锤扭过头不搭话。

　　廖大妮热情地接待了崔福父子。她说："崔伯伯，我和崔成的事，您同意吗？"

　　崔福急忙笑着说："同意！同意！"

　　廖大妮嫣然一笑："我爸爸脾气倔，您别介意。"

　　接着，她又说："现在的农村政策好，许多同事选择了回家创业，我和崔成也想试一试。咱们这的编制物件，很受城里人喜欢。你是咱们这儿的有名编制能手，希望您用技术支持我们。我爸爸也会加入咱们的创业团队。"

　　崔福恍然大悟："原来不是要钱支持啊！早知道，就不去求……"

　　廖二锤根本不听崔福讲，他接过闺女的话说："谁说我加入你们？我有工作。我是保安队长。"

194

廖大妮说："那你把燎泡技术教给我，不加入也可以。"

廖二锤说："还是那句话，这技术是祖上传下来的，传儿不传女。"

崔福赔着笑脸插话说："两个孩子的事定下了，崔成就是你的儿子了，你传给他。我也把我的编制技术教给他。"

廖二锤听后，扬扬眉毛说："凭什么教给他？我若教，就教给你。你学不学？"

崔福愣了一下，然后表情复杂地说："学，学，哪能不学……"